山口恵以子エッセイ集

おばちゃん街道

小説は夫、お酒はカレシ

清流出版

おばちゃん街道

小説は夫、お酒はカレシ

目次

第三章　食堂のおばちゃん

第四章　崖っぷち人生

装丁＝深山典子
カバー写真撮影＝中川真理子

第一章　旦那とヒモ

夜中でも酒を売ってるコンビニが悪い!!

ロシアの劇作家アントン・チェーホフは「医業は妻、小説は恋人」と言いました。彼の職業は医者だったのです。

名言なので、私もインタビューでよく「小説は夫、お酒はカレシ」と答えています。夫のお金でカレシとデート、カレシに癒《いや》されて夫に尽くす……そんな感じで、小説で稼ぐから酒が呑める、酒が呑めるから小説を頑張れる、と。まさにウィンウィン、とっても良い関係だったんです。

ところがどうも最近、酒が〝ヒモ化〟してきちゃいまして……。

それというのも私、「〝ほろ酔い〟になったら〝へべれけ〟まで行く!」と公言している大酒呑みなんです。もちろん毎日へべれけになってたら仕事になりません。そこは我慢、我慢。倍賞千恵子よろしく「さよならはダンスの後に」、「へべれけは休日の前に」限定しておりました。

が、私は去年の三月で十二年間勤めた社員食堂を退職してしまいました。〃食堂のおばちゃん〃からタダのおばちゃんになってしまったんです。もう朝三時半に起きて五時の始発に乗って出勤しなくても良くなりました。毎日が日曜日、サンデー毎日。もはや休日の前なんてありません。毎日お休みなんだもん。

退職後は当然のように、毎日へべれけまで呑むようになりました。

でも一週間もすると、さすがにこれではイカンと反省して、毎日買うお酒を缶チューハイ二本だけと決めました。どうして毎日買うかというと、うちは酒の買い置きはしないんです。あると全部私が呑んじゃうから。

で、缶チューハイ二本で結構ほろ酔いになるわけです。「嫁さんになれよだなんて　缶チューハイ二本で」言っちゃった人みたいに。ここで止めとけばいいのに、ムクムクと〃へべれけ〃の虫が騒ぎ出します。食堂で働いていた頃は、虫は無視して寝たんですけど、今はよせばいいのにコンビニに走って酒を買い込んじゃうんです。もう、バカバカ！

翌日は自戒と反省です。最悪の場合は二日酔いで仕事になりません。だから自己嫌悪のあまりまた呑んじゃう。もう、バカバカバカ!!

そんなときは己の意志薄弱を棚に上げてコンビニを呪います。

「私が悪いんじゃない！　コンビニが悪いのよ！　どうして二十メートル置きにコンビニがあるの？　どうして夜中でも酒売ってるの？」

旦那の稼ぎをヒモに搾《しぼ》り取られる人妻って、こんな気分でしょうか？

今はありがたいことに小説や随筆の執筆依頼が沢山あります。

昨年（二〇一四年）だけで長編を四作品書きました。刊行されたのは『あなたも眠れない』（文藝春秋）だけですが、今年になってから順次『小町殺し』（文春文庫）、『恋形見』（徳間書店）、『あしたの朝子』（実業之日本社）と刊行が続きました。最新刊『食堂のおばちゃん』（角川春樹事務所）は昨年から今年にかけて雑誌連載させていただいた連作短編です。

今年も長編四作、短編連載、エッセイと、ハイペースが続きます。

昨年までは「食堂で働きながら、長編を年に一作か二作書ければ……」と考えていたことを思うと、恐ろしいほどの変わりようです。

ただ、私は書くことが一番大好きです。今や書くことは仕事ですが、同時に生き甲斐でもあります。大好きなことをしてお金をもらえる今の生活を、本当にありがたいと思っています。普通、好きなことや楽しいことはお金を払ってするものです。趣味や道楽を考えてください。社交ダンスもフラメンコも水泳教室も韓国語講座も、お金かかりますよね。

私の場合も、書いてもちっともお金にならない時期がありました。二〇一三年に松本清張賞を受賞するまではずっとそうでした。後で説明する〝プロットライター〟時代から数えると苦節約二十五年、少女マンガ家を志した時代まで遡れば苦節三十五年です。昔を思うと、自分から売り込まなくても注文が来て、書けば原稿料がもらえて、おまけに本にして本屋さんに並べてもらえるなんて、夢のようです。

そう、だからコンビニのせいにしてる場合じゃないんですよね。

もちろん、私だって酒ばかり呑んでるわけじゃありません。毎日八～十時間は書いてますし、嫌々ですが家事もやっています。

我が家の家族構成を紹介しますと、昭和二（一九二七）年生まれの母、昭和二十二（一九四七）年生まれの長兄、昭和三十三（一九五八）年生まれの私の三人暮らし、平均年齢七十歳を超える超高齢家族です。

そこに加わるのが猫二匹。青い瞳の白猫ボニー（♂）三歳、琥珀《こはく》色の瞳の黒猫エラ（♀）三歳。お陰で平均年齢が一気に下がりました。以前飼っていた猫に死なれてから二年後、近所の猫ボランティアの方が紹介して下さって白猫ボニーがうちに来ました。半年後、ボニーを避妊手術に連れていった病院で里親を探していた黒猫エラと出会い、母が一目惚れして我が家へ。ボニーとエラなんて偉そうな名前じゃなくてシロとクロで十分だと思うのですが、母がどうしてもと言って、『風と共に去りぬ』の登場人物にちなんだ今の名前になっちゃいました。

この二匹、見た目は天使のように美しいのですが、性格は悪魔です。ひどいDV猫です。私がこの猫たちのためにどれほど悲惨な目に遭っているか、筆舌に尽くしがたいです。何しろ愛情表現が、噛むと引っ掻くしかないので、嬉しい時も悲しい時もキレた時も、とにかく噛んだり引っ掻いたりするんですよ。子猫の頃、ボニーを風呂に入れようとして両腕を爪研ぎ板状態にされ、食堂スタッフに呆れられました。

うちでは猫の世話をするのは私だけです。母と兄は甘やかして可愛がるだけで、ご飯をあげるのもトイレの始末をするのも、爪を切るのもブラッシングするのも、目ヤニを拭き取ってやるのも全部私です。それでどうやら猫たちは私をばあやだと錯覚したようです。私に対しては完全に上から目線で、お刺身を食べていると横から掻っさらったりします。こっちも意地があるので取り返しますが、猫の食べ残しの刺身を食べるかと思うと、もう口惜《くや》しくって。……ま、それ以前に、猫がテーブルに乗っても誰も叱らないのが問題なんですが。

うちは昔からずっと猫を飼っていたので、今の子たちで八代目か九代目でしょう。以前は外遊びをさせていたのですが、そうすると病気に感染して、結局は病死してしまいます。病気で死ぬのは可哀想なので、ボニーとエラは外へ出すのを止めました。それで精力が有り余って家の中で暴れ回るのでしょう。その運動量がハンパじゃないのです。棚から冷蔵庫へ、テーブルへ、仏壇へと、大空を駆けるようにジャンプして、二匹で空中戦を演じています。空中でX字型に交差して棚から飛び降りたりします。お客さんを呼んで見物料を取りたいくらい見事です。エラに私の鼻先でジャンプされて、鼻の骨が折れそうになりました。

そしてどういうわけか、壁や椅子やカーペットで爪を研ぐのですね。ちゃんと爪研ぎ板を二種類用意して、マタタビも振りかけてやったのに、板の方は舐めたり擦りついたりするだけで、全然爪を研ぎません。お陰さまで我が家の椅子は全部スポンジがはみ出して、傷だらけの鮫肌になりました。壁にはナスカの地上絵のような文様が刻まれています。うちの……と言うより私の部屋のカーペットは猫の爪の抜け殻だらけです。はっきり言って、我が家はお化け屋敷のような有様になっています。

憎きDV猫が、我が家の潤滑油

悪逆無道の限りを尽くす白黒ＤＶ猫ですが、この際是非、彼らが今までに行った最大の悪事を聞いていただきたいです。

まず白猫ボニー。この子は私の枕の上でオシッコをしちゃいました。ただの枕じゃありません。テレビ東京の「ソロモン流」の取材のために日本橋西川で作ったオーダー枕です。

なぜ西川にロケに行ったかというと、眠れない女性の心理を体験するために、ものすごく快適な枕で眠ってみて、それを奪われた時の気持ちを想像する……そんなコンセプトを掲げたからです。多分作ることになるだろうと予想して二万円持って行ったのですが、私はオーダー枕を見くびっていました。何と二万六千五百円！　確かに大変寝心地の良い優れものですが、値段を考えたら畏《おそ》れ多くて頭の下に敷けないほどの代物です。それにオシッコしたんですよ！　ショックのあまり涙声で西川に電話すると、担当者Hさんは優しく「それでは当店で除菌と消臭をさせていただきますので、乾かしてからお持ち下さい」と。作業が終わった後は「臭いが残っているようでしたら、何度でも消臭させていただきます。どうぞご遠慮なくお持ち下さい」と言ってくれました。

ところがそれから一年もしないうちに、ボニーの奴、またやりました。何が気に入らなかったのか知りませんが、わざわざオーダー枕を選んでオシッコするところに、この猫の悪辣さが現れています。

またしても半泣きでHさんに電話すると「それは大変でございましたね」と、今回も親切丁寧に対応してくれました。でも、除菌消臭の終わった枕を抱えて地下鉄入り口に向かいながら、私は思わずにいられませんでした。これ以降、日本橋西川では、私は「猫に、オーダー枕に二回もオシッコされちゃった人」と同義語になるんだろうな……と。

次は黒猫エラ。この子は非常に器用で、抽出《ひきだし》や扉を簡単に開けてしまいます。台所の抽出から出汁の素の袋を引っ張り出し、家中に振りまかれた時も往生しましたが、それ以上に最大の被害は、私が仕事している最中に部屋に侵入して、パソコンの上に飛び乗った時です。キーボードを踏んづけた拍子に変なロックがかかってしまい、もう文字が打てない。友人に電話して操作してみたけど一向に解除出来ず。書きかけの長編小説がすべてダメになり、いっそ死んでしまおうかと思いました……が、気を取り直してNECの相談室に電話したら「××のキーを押してみて下さい」。……解除成功！　それでやっと命がつながりました。

「寿命が縮んだじゃないか、このクソ猫！　恩知らず！」

エラは怒鳴《どな》られてもどこ吹く風で、大股広げて足を舐めていました。

まったく、この二匹がいなければどれほど生活が楽かと、ひどい目に遭わされる度に嘆息します。それでも、私が一階へ行けば一階に、二階に上がれば二階へと、まるで金魚のフンのようにくっついてくる白黒二匹の姿を見ると、やっぱり私を愛しているのかしら……とほだされてしまいます。それに、平均年齢七十歳を超えた老人家庭は、猫でもいないと笑いが生まれません。猫の悪さや失敗をネタに会話が成立しているわけです。老人家庭にとって、猫は潤滑油のようなものかもしれません。

そんな私たち家族とDV猫の一日を、ざっとご紹介しましょう。

朝は猫たちの鳴き声で七時頃起床。まず猫の朝飯とトイレの始末。台所の汚れ物を洗って、日によってはゴミ出し。洗濯機をかける。それから母の朝飯の用意。最近のお気に入りは市販のフルーツサンドで、手間いらずです。兄は自分である物を出して食べ、八時半頃仕事に出かけてゆきます。

兄は整体師で、東京・江東区の大島で「さくら整骨院」を経営しています。兄が整体師だと言うと「家で治療してもらえて良いですね」と言われますが、とんでもない。私は食堂主任だった時代、仕事でご飯を作っていたので、家に帰ってからもご飯を作るのがいやで、会社にお金を払って余った料理を持ち帰っていました。兄も仕事で治療して家でも治療するのはいやなのです。そんなわけで体のケアのため、何とか暇を見つけて整骨院に通っていますが、暇がないと一ヶ月も足が遠のいて、ひどい状態（この前整骨院の先生に「関節が固まって化石化している」と言われた）になってしまいます。

さて、私はコーヒー（もちろんインスタント）を飲みながら新聞二紙に目を通しつつ、テレビのワイドショーを見たり、母の昔話に相槌を打ったり、足の指で猫の背中を撫でたり、九時頃までのんびりします。九時を過ぎるとまず洗濯物を干し、三階の自分の部屋に上がって仕事に取り掛かります。私の部屋は書斎なんて洒落《しゃれ》たもんじゃなくて普通の六畳間です。家具はベッドと机と箪笥だけで本棚もなく、誰が見ても作家の仕事部屋なんて思わないでしょう。

そのまま昼まで仕事に専念出来ることはほとんどありません。猫が取っ組み合いを始める、母が「時代劇専門チャンネルが映らない」（実は電源が入っていない）とかアホな用事で呼びつける、宅急便が来る（母は通販が大好きで似たような物や役に立たない物を注文する）、セールスの電話（保険とお墓と健康食品が多い）が掛かってくる等々、三階と二階を行ったり来たりするうちにお昼になります。

まず猫の昼飯とトイレの始末。母の昼はお粥かおにぎり、素麺、うどんなどの簡単な物。私は母のご飯をつまみ食いしてカップスープを飲むくらいです。そしてコーヒーを持って再び三階へ。

午前中よりマシなのは、暴れ疲れた猫たちが居眠りして大人しくなること、母がテレビを見ながら昼寝して起きないことです。これで敵は宅急便とセールスの電話だけ。四時までひたすら書き続けます。

四時になると洗濯物を取り込んでから、母を起こしてリハビリをさせます。母は八十八歳。この年齢だと動かないでいると、どんどん筋力が衰えるので、寝たきりにならず、最期まで自分の足で歩けるようにというのが、母子の一致した希望です。現在、週一回運動リハビリの出張サービスを頼んでいるのですが、自主練習を頑張った結果、三十回がやっとだったペダル漕ぎが、一年で百六十回まで漕げるようになりました。年内二百回を目標にしています。

リハビリが終わると入浴です。まず私が半身浴をしてから母を浴室に連れて行き、脱衣・沐浴・シャンプー・ボディ洗い・タオルドライ・着衣まで、フルコースで面倒を見ます。

本当は母が自分で出来るのですが、一緒に入った方が安心だし、きれいに洗えるので。それに、私が忙しくてコミュニケーション不足になりがちなので、多少なりとも親孝行になるかと思いまして。

食堂で働いていた頃、同僚が「うちの近所の家、ご主人が九州男児だから威張《いば》ってて、お風呂に入っても自分じゃ何もしないで、洗うのも拭くのも洋服着せるのも、みんな奥さんにやらせるんですって」と言うので、「あら、うちの母なんか九州男児じゃないけど、全部私がやってるのよ」と言って笑ったものです。その話をすると母も「ママ、九州男児みたい～」と喜んでいました。

入浴後、五時からは買い物に出かけます。駅に行く途中にマルエツとドラッグストア、駅前にワイズマートがあって、全部回って一時間で帰宅。猫の缶詰や砂など重い物を買うのでリュックサックを背負って行きます。

今では近所の人やお店の店員さん、宅急便のお兄さんにまで「テレビに出てる人でしょ?」と顔を知られてしまいましたが、だからっていつもテレビに出るような格好をしていたら生活出来ません。普段はスッピン・ジーパン・トレーナーです。夕方、スーパーの総菜コーナーに行くと、自分が腹ペコなのに気付いて思わず唐揚げやコロッケを買い、帰る途中で歩きながら食べてしまいます。きっと誰かに見られているでしょう。でも、気にしません。だって腹ペコなんだもの。ちゃんとご飯を食べればそんなに腹ペコにならないと思いますが、買い食いって楽しいんです。

帰宅するとまず猫の夕飯とトイレの始末。それから家族の夕飯作り。食堂に勤めていた頃は、残り物を並べて毎日結構バラエティに富んだ食卓でした。それが退職して以来、一週間のうち五日間メニューは全部鍋です。寄せ鍋・牡蠣鍋・水炊き・石狩鍋・豆乳鍋のローテーション。牡蠣のない季節はすき焼き。他の二日は近所のカツ屋で揚げたてのカツを買うか、兄の車で家族で外食するか、どちらかです。ちなみに母と兄はまったくの下戸《げこ》なので、お店に入ってもお酒を呑むのは私だけです。グラス一つと頼むと、初めてのお店では必ず兄の前に置きますが、残念でした、大間違い。

この前「昔みたいに食堂に勤めてる方が良かったでしょう?」と母に聞いたら、「エコちゃんが作る物は全部美味しいから良いよ」と可愛いことを言ってくれました。年寄りには〝愛される力〟って大事ですね。

こんな私ですが、十数年来変わらず続けているのは漬物です。母と兄が漬物が大好きなので、他を手抜きした分、毎日の糠味噌漬けと冬の白菜漬け、初夏の印籠漬け（瓜の芯をくり抜いて茗荷と大葉を詰めて塩漬け）は欠かさないように気を付けています。漬物と言うと大変そうに思われますが、切って漬けるだけなので、実際はそれほど手間はかかりません。

夕飯時、私は母と一緒に六時に食べることはほとんど無くて、ギリギリまで原稿を書いてから食事にします。夕飯の時はお酒を呑むので、アルコールで頭がポ〜ッとして書けなくなるからです。朝と昼はほとんど食べないにもかかわらず、私が全然痩せないのは、きっと夜十時過ぎてから暴飲暴食するせいでしょう。汚れ物は台所に置きっぱなしで寝ます。私、酒を呑む前までは結構こまめに母と猫のリクエストに応えるのですが、一度呑み始めたらもう動きたくない性分なんです。タテの物をヨコにするのもいや。母と猫には「あれしてこれしては、酒を呑む前に」と言い渡してあります。

私はお酒は呑みますが煙草は吸いません。正直、逆だったら良かったのにと思います。だって、煙草を吸いながら小説を書くことは出来ますが、お酒を呑んだら何も書けませんから。

ただ、書いているうちに必ず「ここが正念場」「後もうちょっと」という場面に突き当たります。そうしたらお酒は呑みません。食事の後も書き続けて徹夜もします。そんなときは今の幸せを噛みしめますね。食堂で働いていた頃は「三時半に起きる」という縛りがあったので、乗ってきても中断を余儀なくされましたが、作家専業になったお陰で心の赴くまま書き続けられるようになりました。

掃除は一週間に一度、まとめてやります。ただ、猫二匹が暴れ回って抜け毛がひどいので、毎日クルクルは欠かせません。

我が酒呑み人生、三大痛恨事

ここまで書いたので、ついでに私のこれまで犯した数々の酒の失敗を書いておきましょう。これさえ読めば、かつて酔っぱらって恥ずかしい思いをしたことのあるあなた、過去はもう恥ではなくなりますよ。

酔っぱらって帰って気が付けばパンツ一丁でトイレに寝ていた（自分ちで良かった！）とか、夜中に寝ゲロ吐いて朝起きたら床がゲロの海とか、そういうのは日常茶飯事なので、一々書きません。家の中で起きたことは口外しなければ世間に知れることもないですからね。やっぱり家の外の事件ですよ、痛恨の記憶になっているのは。


第三位、一万六千八百円事件。

これは十年ほど前、日本テレビで放映されていた二時間ドラマ「火曜サスペンス劇場警視庁鑑識班」の仕事をした時、監督の下村優さんのおまけとして制作プロダクションに御馳走になった時のことです。

そこは中野にあったので、帰りは東京メトロの東西線一本で家に帰れます。楽勝！　そう思って油断したせいか、ウッカリ寝過ごして千葉の八千代市まで行く東葉高速鉄道の終点一つ手前の駅で飛び起きました。すでに上りの終電は終了し、駅前は真っ暗で人通りもなく……。生きて帰れないかもしれない⁉　そう思った私は一台だけ停まっていたタクシーに飛び乗って家路を急ぎました。代金一万六千八百円。その時もらった仕事料四万五千円。三ヶ月働いてもらったお金の三分の一以上がタクシー代に消えたのでした。痛恨の記憶です。

第二位、階段落ち。

これも十年ほど前です。参加していた脚本の勉強会の忘年会で、四谷から帰る途中でした。乗換駅で階段を降りようとして足をもつれさせ、下まで真っ逆さま……はちょっと大袈裟だけど、見事に転がり落ちました。お酒って、店を出る時はそれほどでなくても、電車に揺られているうちに回るんですよね。気を付けましょう。

で、私は酔っぱらっていて恐怖心がないので、上手く着地を決めたんですよ。ふと見ると、目の前にいたカップルの女の子が恐怖のあまり座り込んじゃって……。男の子が「きゅ、救急車を呼びましょうか⁉」と言ってくれたのですが、「私より、彼女が大変よ」「ああ〜!」。そんなわけで私は平然として家に帰ってきました。事件はその翌日。起きられない。もう全身痛い。打ち身は翌日の方が痛いんです。以来、呑んで帰る時、階段は手すりにつかまって下りるようになりました。

第一位、お巡りさん、ありがとう。

忘れもしない十一年前の八月です。勤めていた事業所の暑気払いパーティーでのこと。食堂では夕食の代わりにパーティー料理を提供したのですが、私は早番で帰宅してから手料理を持参して参加しました。そして……朝三時半から起きているので酒の回りも早く、いつの間にやら酩酊状態になったようです（すみません、記憶がなくて）。気が付いた時は自宅のリビングで服のまま寝ていました。

後に聞いた話では、事業所の人がタクシーに乗せてくれたのですが、酔っぱらっていて住所が分からず、業を煮やした運転手に交番の前で放り出されたらしい。交番のお巡りさんが何とか電話番号を調べて自宅に問い合わせ、三人がかりでシーツに載せて家まで搬送してくれたのだそうです。確認が取れるまで私は交番の前で寝ていたわけで、女の酔っぱらいは珍しいので見物人も集まってきました。で、いたずらされないように、お巡りさんが横で見張っていてくれたのですね。

翌日母が菓子折を持ってお詫びに行ったのですが、交番では「お気持ちだけで結構ですから、もうあんまり酔っぱらわないように言って下さい」と……。私は恥ずかしくて、いまだにあの交番の前を通れません。

さらに、恥ずかしいのはそれだけではなく、暑気払いパーティーの席上、酔っぱらった私が「○○君を脱がせた」「××君とダンスしてた」と、セクハラ行為に及んでいたことまで明らかになったのでした。普段は酔っぱらうとすぐ寝ちゃうのに、どうしてそんなことに……？

そんなこんなで、これが我が酔っぱらい人生最大の痛恨事と言っても過言ではありませんが、唯一、自慢出来ることがあります。それは、これほどまでの酔態を示したにもかかわらず、翌日はちゃんと定時に出勤して朝食を出したことです。死ぬほどヘコみましたが。

ああ、そうそう。これ以外に、私は人生で二回介抱ドロに遭っています。宝飾店に派遣で勤めていた頃は通常の時間帯に電車通勤していたのですが、ほとんどの日本女性が体験する痴漢には一度も遭ったことがありません。にもかかわらず、おそらく日本女性の九十九パーセントが経験したことのない介抱ドロに二回も遭うって、やっぱり酔っぱらっていたせいですね。駅に着いたら財布が消えていた……。同僚に「あら山口さん、財布以外に盗《と》られる物がなかったのね」と言われてしまいました。当時はまだ二十代だったのに、財布には三千二百円しか入っていなかったのに、トリプルパンチでしたねえ。

と言うわけで、私よりすごい酔っぱらいはあまりいないと思います。だからどうぞ、安心して酔っぱらって下さい。

食堂のおばちゃんが作家？

みなさんは運命って信じますか？

私は信じます。二年前にこの目で見ました、運命が変わる瞬間を。

二〇一三年四月二十三日、私の初めて書いた長編小説『月下上海』（文藝春秋）が第二十回松本清張賞を受賞しました。その夜、選考会場の帝国ホテルへ駆けつけて受賞会見に臨んだ後、上階のラウンジで御馳走になったスパークリングワインは、まさに「運命が変わる味」でした。

今の日本でマスコミに注目される賞は芥川賞・直木賞・本屋大賞だけで、他は小説に興味のある人以外にはほとんど知られていません。松本清張賞も同様で、翌日は新聞にベタ記事三行が載るだけ。至って地味な扱いです。受賞後一番多く言われた言葉は「へえ、そんな賞があったの?」でした。

でも、私は信じていました。「食堂のおばちゃんが文学賞受賞!」というネタは、絶対にマスコミに受けると。何故なら、おばちゃんが希望を託せる相手は同じおばちゃんだけだから。美人でエリートのお嬢さまは、おっさんの欲望を刺激するだけで、おばちゃんには無関係です。そして、おっさんが読むのはビジネス書で、小説を一番読んでくれるのはおばちゃんなのです。

牙を磨き、爪を研ぎ、手ぐすね引いて私は獲物が引っかかるのを待ちました。

四月の終わり、遂にやって来た獲物は東京新聞社会部の記者Iさん。案の定「食堂のおばちゃんが作家?」という主旨の取材でした。Iさんとカメラマンにランチの春巻き(「王将の百倍美味い!」と感激してくれました)を御馳走し、食堂でインタビューと写真撮影。

「世の中の人は『何で食堂のおばちゃんが小説書いてんの?』と思うかもしれませんが、私は『食堂のおばちゃんだから小説が書けるのよ』と思ってます」という話にIさんの反応は上々で、良い記事になると確信しました。

五月九日付東京新聞の社会面に写真入りで載った「食堂のおばちゃんは作家」という記事は各方面で大評判になりました。私の独断ですが、これは社会部の記者だから書けた記事で、文化部の記者だったら、作品内容や意図、執筆の動機など、作品の内面を中心としたインタビューになって、こういうノリでは書いてくれなかったでしょう。

翌日には早速、月刊誌『文藝春秋』から巻頭随筆の執筆依頼が、続いてBS11のニュース番組とテレビ朝日「モーニングバード」の取材依頼がやって来ました。この「モーニングバード」が転機だったと思います。五月下旬の放送以来、まるで津波が押し寄せるように、雑誌はもとよりラジオ、テレビからの取材依頼が殺到しました。

特にテレビの場合、取材内容はほとんど同じで、まず食堂での仕事風景の撮影、自宅へ移動して家事と執筆風景の撮影、そして最後に「お酒呑んでるところを撮らせて下さい」がお約束でした。さすがにNHKだけはお酒の撮影なしでしたが、民放は全部呑みましたよ。

あの年の五月の終わりから三ヶ月くらいの間は、午後一時に仕事を終えると、そのまま食堂で雑誌の取材と写真撮影を二件受け、文藝春秋社に移動してまた二件取材……という日が週に一～二回はありました。

ドーパミンがバンバン出ていたせいでしょうか、疲れたとか大変とか、まったく思いませんでした。正直、嬉しくて堪りませんでした。こんなに取材してもらえるなんて夢みたい、と思いました。

すべては『月下上海』を売らんがためです。雑誌に載ればその分作品の宣伝になります。本の売れないこの時代、誰も知らない人の書いた本を手に取ってくれません。何とかして名前を知ってもらいたいと必死でした。

小説家にとって作品は子供も同然です。少しでも陽の当たる場所に出してやりたいと思うのが親心です。親が不甲斐ないばかりに子供が日陰に追いやられてしまったら、これほど辛いことはありません。

私はかつて『邪剣始末』（廣済堂文庫）という作品でデビューしたのですが、受賞歴のない無名の新人の書いた本はまったく売れず、その頃は絶版状態になっていました。『月下上海』だけはそんな目に遭わせたくない。売れる本にしてあげたい。そのためには出来ることは何でもやろうと、受賞する前から心に決めていたのです。

幸いにも私はマスコミに受けが良く、記事も出演した番組も評判は上々でした。どこが良かったのか自分では分かりませんが、おそらくは嘘偽りなく、カッコつけずにありのままの姿で受け答えしたことが、受け取る側の共感を呼んだのではないかと思っています。

ここらで懐かしいテレビ出演番組を振り返ってみましょうか。

ありがたいことに、私が勤めていた事業所は簡単に言うと巨大新聞販売店で、理事の方たちも全員新聞社の営業方面出身だったので、取材にはとても協力的でした。私は食堂主任の権限を駆使して、取材クルーには全員食堂でご飯を御馳走しちゃいました。朝食と昼食と、二食食べたクルーもありましたよ。御馳走になって悪くは言えないでしょうが、みなさんとても喜んで下さいました。「あったかい昼飯を食べたのは三年ぶりです」と言われた時は、心から気の毒になりましたね。

まずは「モーニングバード」（テレビ朝日）。

記念すべきテレビ初出演番組です。ディレクターのMさんが手持ちカメラを携えて、音声さんと二人でインタビューから撮影まで全部こなす超コンパクト取材クルー。つまりそれだけ慣れていて手際がいいのですね。酒呑みシーンをお願いされて「うちは酒の買い置きがないんですよ。あるだけ全部呑んじゃうから」と言ったら、「実は、僕も同じです」とMさん。その時二人の心は深く通じ合いました（笑）。

会社から家まではメトロで移動。駅前のスーパーでお茶のペットボトルと大好きなKWV（南アフリカのスパークリングワイン）を買って自宅へ。

「まずは執筆風景を撮影させて下さい」。それは良いけど、狭い六畳間に巨漢のMさんと音声さん、文藝春秋から立ち合いで来てくれた二人の編集者、男四人がギュウギュウ詰めで、見ているだけで酸欠になりそうでした。よほど懲《こ》りたのか、以後編集者はリビングで待機するようになりました。

そしていよいよ乾杯。放送では私が一人で呑んでいるように見えますが、実際には編集者二人にも注いであげたんですよ。この時「うめ〜！」と言ったのが何故か大受けして……。本当に楽しい取材でした。

次は今は終了した「ゆうどきネットワーク」（ＮＨＫ）。

これは何と言ってもディレクターのＨさんが一見美少女のような青年でびっくり。取材はＨさんとカメラ・音声・照明の四人体制で、運転手付き大型バンで職場から自宅へ移動。番組では私が五十歳から二年間苦しんだ「更年期鬱」に焦点を当てて構成を考えたようです。どのようにして回復したか、何が転機になったかを随分質問されました。

ただ、これは一口に言うのは難しくて、症状が軽かったとか回復の時期が来たとか、いくつもの要因が重なって鬱から脱却出来たのだと思います。でも、番組としては「こうなったお陰でああなった」と言う明確な説明が欲しい。優しげな外見に似合わず、Ｈさんの粘ること。二時に我が家に来て、撮影が終了したのは六時でした。

数日後、ＮＨＫのスタジオに伺って生放送に臨みました。生まれて初めてスタジオ用のメイクを体験。地塗りにかける手間がハンパじゃありませんでしたね。その割りにアイメイクはあっさりでした。

生放送でしたが、別に全然緊張しませんでした。私、緊張しない体質なんです。根底に

「ダメで元々」があるせいでしょう。進行はNHKアナウンサーの山本哲也さんと出田奈々さんにお任せで、私は話を振られたらお話しする、これに徹していればOKなので気楽なものです。お二人が大変好意的にサポートして下さったのも忘れられません。山本さんと私は同い年だそうで、こっそり酒呑み話で盛り上がりましたっけ。

さすがにVTR特集は上手く出来上がっていて、ちゃんと一貫性のあるストーリーになっていました。Hさんの粘り勝ち。視聴者の方にも好評で、ラストにもう一度スタジオに呼んでいただき、感激でした。

「NEWS ZERO」(日本テレビ)。

ビデオ撮影はなく、写真とインタビューのみ。取材のTさんは自転車で汐留《しおどめ》から食堂までやって来ました。この日のメニューは一押しの「変わりコロッケA&B」。マッシュしたジャガイモにチーズとホウレン草のソテー、そしてAは焼き鮭、Bは粗挽きソーセージを混ぜて揚げたコロッケです。

もちろんTさんは大満足。放送作家でもあるので、私の過去のプロットライター時代の話を交え、二人で無能なプロデューサーの悪口で大いに盛り上がりました。この取材の直後にご結婚なさったとか。

「ウィクリーニュースＯＮＺＥ」（ＢＳ11）

取材に現れたのは女性ディレクターＮさんただ一人。小型八ミリビデオ片手に、撮影からインタビューまで全部こなす。相槌を打って頷いてもカメラの映像がぶれない。熟練の技です。一人だからもの凄く手際が良くて、撮影するところとしないところの選択が鮮やかでした。

ランチ風景を撮影して、自宅で家事と執筆風景の撮影、インタビューまでこなし、二時半に終了。放送された番組のＶＴＲも分かり易くまとまって「金かけりゃ良いってもんじゃない」の見本のようでした。

そして再びＮＨＫ「ニュースウオッチ９」。

取材の主任はＨさんという女性ディレクター。彼女の下にインタビュアーの女性ＡＤ、カメラ・照明・音声の五人体制取材。驚いたのはカメラマン以外の四人が女性だったこと。同じＮＨＫの「ゆうどきネットワーク」との違いを出すために、取材の主旨は「雇用と人権」。私が受賞会見で言った孟子《もうし》の格言「恒産なき者は恒心なし（きちんとした仕事と安定した収入のない者は、安定した精神を保つことが出来ない)」が取材のきっかけだったとか。

いやあ、番組は違えどさすがNHK、こちらの取材クルーも粘りました。NHKの車で食堂から自宅に着いたのが二時少し前、それから五時間、取材とインタビューが続きました。終わった時はヘトヘト。

「ニュースウオッチ9」の放送日は六月二十一日、松本清張賞贈呈式の当日でした。六時の贈呈式を撮影すると、それを大急ぎで編集して九時の放送に間に合わせたのだから大したものです。

「王様のブランチ」(TBS)。

文藝春秋の編集者が一番力を入れていた番組です。現在地上波で本を紹介してくれる数少ない番組であり、「ブランチ」で紹介されると売上げも伸びるのだそうです。

贈呈式二日後の日曜日の朝、食堂に九人編成で取材に来てくれました。インタビュアーの早川真理恵さんのミニスカート姿に、朝食を食べに来た男性陣は心なしか目尻を下げていましたね。

食堂を閉めた後は自宅で取材。リビングにカメラ三台が並んだ姿は壮観で、猫二匹は完全なパニック。早川さんは『月下上海』をきちんと読み込んだ上で色々質問してくれたのですが、放送ではカットされていました。彼女の地道な努力が実を結ぶ日が早く来ると良いのに。男性八人に囲まれて紅一点なので、ちゃんと仕事をこなした上に〝ちょっとおバカな可愛い子〞も演じないといけないみたいで、大変だと思いました。

とっくに放送終了した「上ゲるテレビ」(フジテレビ)。

いくら放送終了したからって悪口は言いたくないですが、この番組の取材クルーは何とも手際が悪かったです。

食堂の撮影に来たのに、大事な完成品(定食セット)を撮り忘れる。お酒を呑むシーンの撮影でも「ボトルを持って」「グラスに注いで」「部屋に入ってくるところから」など、あれこれ注文を付けて色々なカットを撮影したのに、放送されたのは単に私が呑んでいる場面だけ。これなら中身が分からないから、お酒でなくて水でも良かったのに。

その他、とにかく実際の放送には使われなかった無駄な撮影を沢山していました。これはおそらく取材チームに編集の権限がないからでしょう。自分で編集する人なら撮影対象を選択出来ますが、他人任せなので、とにかくあれもこれもと素材を多く集めている感じでした。

この頃になると食堂スタッフも取材慣れしてきて「あの人たちは要領悪いわね」と、しっかりツッコミを入れてました。

ここまでが第一段階、六月までのお話です。

冥土の土産、どっさり体験

そしてこの年の八月から新しい段階に入りました。「ゴロウ・デラックス」「ソロモン流」「行列のできる法律相談所」の取材と番組出演が続いたのです。

これらの番組出演がきっかけで今につながっている出来事もありますので、それをお話ししたいと思います。

まずは「ゴロウ・デラックス」（ＴＢＳ）。

「王様のブランチ」と同じく、本を紹介してくれる数少ない地上波の番組です。取材の打ち合せでプロデューサーが「稲垣吾郎さんと小島慶子さんに、実際に社員食堂でご飯を食べさせたい」と仰ったのですが、まさか実現するとは思いませんでした。

この時も他の番組と同じく、食堂と自宅での撮影がありました。違ったのはタレントの山田親太朗君が助っ人として食堂に来てくれたことです。彼は居酒屋さんでバイトした経験もあるそうで、洗い物や配膳も上手く、ちゃんと役に立ってくれました。当時スタッフが一人怪我で休職していたので、本気でバイトしてくれないかと思ったくらいです。一緒に築地に買い出しに行ったら、お店の人に「随分ハンサムなバイトの人が入ったね」と言われました。山田君には嬉しくなかったでしょう。

この番組のスタッフは女性が多かったのですが、出勤風景を撮影するため、若い女性二人が朝まだ暗い四時半から我が家の前で待機していたのには、本当に頭が下がりました。食堂と自宅の撮影が終了し、後日いよいよ稲垣吾郎さんと小島慶子さんがやってくることになりました。もう、食堂も事務所も大騒ぎです。

お二人は夕方の営業が終わった六時過ぎに来店しました。普段なら宿直当番の人以外は帰っている時間ですが、黒山の人だかり。食堂のスタッフも遅番の人は自主的に居残り、早番の人までわざわざ自宅から出て来てくれました。みんな吾郎ちゃんがひと目見たかったのです。

生で見る稲垣吾郎さんはテレビと同じ印象でした。私は映画「十三人の刺客」の悪役ぶりにすっかりファンになったので、間近でお目にかかって、お話し出来て、おまけに居酒屋さんでお酌までしていただいて、とても嬉しかったです。また一つ冥土《めいど》の土産が出来たと思いました。

小島さんもテレビの印象と同じ、非常に頭が良くて勘の鋭い、ユーモアのセンスもたっぷりお持ちの方でした。

食堂の後、すぐ近くの居酒屋に移動して撮影があったのですが、お客さんたちのマナーの良さには感心させられました。誰一人騒いだり立ち上がったりせず、淡々と行儀良く飲み食いを続けているのです。何というか、思わぬ所で日本人の成熟度の高さを感じました。

次は「ソロモン流」(テレビ東京)。

この番組の出演依頼が来た時は、久しぶりに興奮しました。やったね！と思いましたよ。番組を全部使って特集してもらえるわけですから。

ただ、撮影期間が長いので、スケジュールは番組スタッフと相談して綿密に組みました。最優先は「映像的に面白い場面」の撮影です。例えば食堂の仕事と家庭の日常に加えて、会社の暑気払いパーティー、松本清張賞の賞金五百万円を使っての大宴会、ラジオ番組出演、父の墓参り、日本舞踊の稽古、新作のための取材、所属している小説の勉強会の様子など。「ソロモン流」は番組で培った豊富なノウハウがあるので、無駄な撮影はしない主義でした。それは私としても大いに助かりました。毎日カメラに張り付かれるのは気が疲れますからね。

この番組では担当のディレクターIさん、カメラマン、時にはADのSさんが応援に来て、大体二〜三人体制での撮影でした。Iさんは穏やかでユーモラスな方で、撮影は万事順調に進行していました。

ところが、八月半ばに事態が急展開します。番組のプロデューサーが「やはり、どうしても山口さんが上海に立っている絵が欲しいんです！」と仰るのです。何を隠そう、私は五十五歳のその時まで一度も海外に行ったことがなく、パスポートも持っていませんでした。「パスポートさえ取ってくれたら、後は全部こちらでアテンドしますから！」。結局、怒濤の寄り身に寄り切られ、私は一泊二日の「月火上海」へ出発したのでした。

インタビューでよく『月下上海』を書くために、上海に取材に行かれたんでしょう？」と聞かれましたが、答えはノーです。一度も行ったことがありません。資料と想像力だけで書きました。何故なら舞台が昭和十七年の上海だからです。東京も、戦災とオリンピック、そしてバブルによって昭和十七年の姿とはまったく変わってしまいました。上海も文化大革命と上海万国博覧会のために、すっかり様変わりしたと聞きました。それなら無理して行く必要ないと思ったのです。

二〇一三年の上海は、ド派手な高層ビルの林立する街でした。高速道路は当時はなかった建造物の代表です。バンド（外灘）の一角は昔ながらの景観を保っているようですが、周囲は新しく変わっています。

でも、やはり行って良かったです。初めての外国が小説の舞台になった上海というのは、ご縁の賜物だと思います。日本風のコンビニで八角の香りのおでんを売っていたり、ホテルの朝食バイキングに「黄油」というバターかマーガリンか謎のポーションがあったり、四つ切りゆで卵に殻が付いたままだったり、ファッションビルのフロアの隅でお母さんが子供にウンチをさせていたり、素晴らしいチャイナドレスのお店に行ったり、初めての経験がいっぱい出来ました。

日本での撮影のハイライトは、何と言っても船越英一郎さんとの対談です。場所は家の近所の小さな中華屋でした。普段着にサンダル履きで対談したゲストって、私だけかも知れません。でも、実はあの日は我が家に局のヘアメイクさんが来て、バッチリテレビ用のメイクをしたんですよ。画面に映るとノーメイクに見えるのがすごいでしょう。

船越さんはテレビで観るよりずっとスマートで顔の小さな、脚の長い方でした。非常に気さくで、驚いたことに少女マンガ通です。「僕は『マーガレット』派じゃなくて『少女コミック』派でした」なんて仰ってました。〝二時間ドラマの帝王〟と呼ばれるまでにはご苦労もおありだったはずですが、それを全部良い方に積んでこられたのだと思います。

そして「行列のできる法律相談所」(日本テレビ)。

所謂《いわゆる》バラエティ番組に出演したのは初めての経験で、色々な意味で参考になりました。

この番組もスタジオで流すビデオの撮影がハンパじゃなくて、朝の仕込みからランチ風景、そして自宅へ移動してまた撮影だったのですが、何とスタッフがお酒とつまみ持参で、我が家で宴会状態になってしまいました。その様子をまた延々と撮影する。途中で完全にアルコールが回って寝てしまい、撮影隊がいつ帰ったのか記憶にありません。

翌日は二日酔いで大変でした。築地へ買い出しに行って、途中で吐きそうになったり……。取材で酔っぱらったのはこの時だけです。

そして、スタジオ収録の日は、何と車が自宅まで迎えに来てくれました。その後、ワイドショーにコメンテーターで呼んでいただいたりして、送迎付きも増えましたが、初めての時は「すごい、タレントみたい。テレビ局ってお金あるんだな」と、ひどく感激しました。

日本テレビのスタジオには「行列のできる法律相談所」に出演するタレントさんや芸人さんがずらりと並んでいて壮観でした。毎朝見ていた「Ｏｈａ！４（おはよん）」のキャスター中田有紀さんとご一緒出来たのは感激でした。それ以前に「Ｏｈａ！４」からも取材依頼を受けていたのですが、「ソロモン流」の取材と重なってダメになってしまったので。でも幸いなことに翌年「Ｏｈａ！４」取材が実現しました。中田さんに我が家にお越しいただいて、聡明でクールな魅力に溢れる彼女を主役にした小説のストーリーを即席で作ったのは良い思い出です。

番組は宮迫博之さんと東野幸治さんが交代で司会を務める形式で、出演者の中でもこのお二人は別格でした。あとは「ひな壇」に座るレギュラーの芸人さんと、その週のゲスト、そして弁護士のみなさん。カメラの後ろの席には見物のお客さんが大勢座っていて、スタジオなのにライブっぽい作りでした。

番組が始まってすぐ「ああ、素人《しろうと》は出ちゃいかんなぁ」と痛感しました。何故なら、ひな壇の芸人さんたちの熾烈な「リアクション芸」合戦を目の当たりにしたからです。私をはじめゲストの出演者は司会の宮迫さんに話を振っていただいて、きちんと話すことが出来ます。ひな壇にいても東野さんは、宮迫さんと掛け合い漫才のようにして笑いが取れます。が、それ以外の芸人さんは必死にリアクションをして、発言の機会を得るのです。リアクションとはつまり「相槌」です。「へえ。ホンマ」「嘘やろ」「なるほど」「うわ〜、しんど」「そう、そう」等、発言に対してなるべく大袈裟に反応して、アピールを繰り返すのです。

これは疲れるだろうなと思いました。相槌は彼らの本来の芸ではありません。でも、必死でそれをやらないとチャンスが来ないわけです。

そしてひっきりなしに大袈裟なリアクションを入れないと、受けないとか盛り上がらないとかマイナスの印象になってしまうとしたら、その番組作りも無理があるのではないか……そんなことを感じました。

放送される番組は正味四十五分くらいですが、収録は三時間近くかかったと思います。その間、カメラが回っていてもいなくても、全力投球でお客さんを笑わせる宮迫さんの芸人魂は大したものでした。これは東野幸治さんも同じですが、司会に起用される芸人さんというのは、普通の人より神経の数が多いように感じます。司会進行からゲストとの絡み、さらに自分の話芸でしっかり笑いを取ると、一人で三役くらいこなしているわけですから。やはり売れる芸人さんは売れるだけの理由があると、改めて感じたことでした。

ただ、人間何が次につながるか分からないものです。私は「ワイドナショー」（フジテレビ）という番組にたまに呼んでいただくのですが、そのきっかけは、この時ご一緒させていただいた東野幸治さんが「あの人面白いから」とプロデューサーに推薦して下さったからでした。私は「ワイドナショー」に出していただいたお陰で、松本人志さんや中居正広さん、そして大学生の頃から大ファンだった北野武さんを間近で拝見出来るという、ちょっと前ならあり得ない貴重な経験をさせていただき、冥土の土産がどっさり出来て本当に良かった……と感謝しています。

これ以降も「大竹まことの金曜オトナイト」（BSジャパン）、「超インテリクイズバトル『THE博学』」（テレビ朝日）、「サラメシ」（NHK）、「あさチャン！」（TBS）等々、テレビ出演は続きました。

繰り返しになりますが、テレビに出て超の付く有名人とご一緒することがあっても、私は上がったことがありません。それは自分が部外者だという意識があるからだと思います。もし芸能界で生きているなら、もの凄く緊張するでしょう。失敗出来ないからです。ただ、幸いなことに私は芸能界の人間ではなく、たまたま呼ばれているに過ぎません。ダメで元々、失敗してもご愛敬と思っているので、気が楽なのです。

これはテレビ出演に限らず、何か新しいことに挑戦する時の心構えとして、悪くないと思います。緊張しすぎると本来の実力を発揮出来ないことがあります。全力を尽くした結果が及ばないならともかく、実力を出し切れないで失敗するほど口惜しいことはありません。

だからもし何かで上がりそうになったら、心の中で「ダメで元々、失敗してもご愛敬」と言ってみて下さい。少しは気が楽になりますよ。

縁が縁を呼ぶ幸せ

テレビに出演したことで、意外なご縁に巡り会いました。それは今の私の大切な宝物になっているので、それについてお話しさせて下さい。

私が勤めていた社員食堂は、有楽町駅と新橋駅の中間の高架下にありました。線路の上を東海道新幹線と山手線・京浜東北線が走り、通りを挟んだ向かい側は帝国ホテルの搬入口と従業員用通用口です。通路の入口に「新橋方面近道」という看板が掛かっていて、新橋駅や有楽町駅から帝国ホテルに通勤する人たちの通り道でした。

二〇一三年の七月の初め、Yさんという帝国ホテルに勤める方が食堂を訪ねてみえて「山口さん、テレビで拝見しましたよ。おめでとうございます」と、帝国ホテルの従業員紹介優待券をプレゼントして下さったのです。もう何十年もこの通路を通って出勤していて、社員食堂も目にしていたそうです。「テレビで見て、あの食堂の人だと分かって、びっくりしましたよ」と仰いました。

私は松本清張賞の賞金五百万円は全部呑む、と受賞会見の席で宣言しました。その後、どうせなら親しい人やお世話になった人たちをお招きして、大宴会を開いてパーッと遣おうと決心し、当時はどの店にしようか検討中でした。遠くから仰ぎ見ていた帝国ホテルは、食堂のおばちゃんには畏れ多い場所でしたが、Yさんのお陰で急に身近に感じられるようになりました。そして、高校の同級生、ミステリー同好会の友人、脚本の勉強会の仲間、日本舞踊の先生や相弟子さんたちなど、いくつかのグループを招待して「レ　セゾン」「ラブラッセリー」「小宴会場」等で食事会を催しました。

九月にミステリー同好会の友人たちと十七階のラウンジで二次会をやっていた時のこと。支配人が席にやってきて「実は、当ホテルの会長が山口さんにご挨拶申し上げたいと……」。小林哲也会長は『ソロモン流』を拝見しましたよ。いやあ、痛快でした」と仰って下さり、後日食堂にお菓子まで届けて下さいました。せめてものお礼に、その時刊行されていた自作品三冊をお送りしたところ、丁寧なお手紙と『帝国ホテルの不思議』（村松友視著・日本経済新聞出版社）、『帝国ホテルの１２０年』（帝国ホテル編）をいただきました。この二冊はその後、作品を書く上で非常に役に立ってくれて、今も貴重な資料になっています。

その後、小林会長には新刊が出るとお送りし、その度に温かい励ましのお手紙をいただくようになりました。元々小林会長は菊池寛の『入れ札』に感動した文学趣味の方で、高名な小説家や随筆家と交流があり、楽しいエピソードを色々教えていただきました。

Yさんはお父さんも帝国ホテルの社員でいらして、ご自身はその年で定年を迎えられました。Yさんの結んで下さった細いご縁がきっかけになって、新たなご縁が生まれたのだと思います。それを思うと、人と人との出会いの不思議さを感じないではいられません。

やはり二〇一三年の十月のことでした。

文藝春秋の担当編集者Aさんから「角川春樹さんが山口さんに会いたいと言ってきまし

たよ」とメールが来て、文藝春秋のサロンでお目にかかることになりました。

角川春樹さんといえば、私には数々の角川映画の製作者、出版と映画・テレビのメディアミックスの創始者、文庫本の表紙を思いっきりド派手に変えた人……というイメージしかありませんでした。しかしその後、遅ればせながら非常に優秀な編集者だと知りました。北欧ミステリーの古典「マルティン・ベック」シリーズは編集者時代の角川さんが発見して刊行したもので、北方謙三さんに『三国志』を書かせたのも、佐々木譲さんに「北海道警察」シリーズを書かせたのも角川さんでした。

当日サロンにはAさんと角川春樹事務所の書籍編集部長Hさんも同席しました。

角川さんはいきなり「僕は自家製の焼酎を造らせているんですよ」と、「生涯不良」というラベルの焼酎をドーンと出しました。シェリー酒のような風味だそうで「まず色を見て、香りを嗅いでみて下さい」と。栓を開けると、確かに馥郁《ふくいく》たる香りが漂いました。私は我慢出来ず「ここまで来たら、呑みましょうよ！」と、サロンのバックヤードへ走り出しました。びっくりしたAさんがあわてて後を追うも追いつけず。私はグラス四個を手に席に戻り、みんなで試飲したのでした。Hさんには後々まで「あの時、山口さん速かったわねえ」と感心（?）されました。

その時の角川さんの用件は「食堂小説を書きませんか?」でした。食堂のおばちゃんの書く食堂小説は絶対に良い、と。

まことに残念ではありましたが、その時、私はお断りしてしまいました。何故なら定年まで食堂で働くつもりでいたからです。

「今は食堂の仕事と書く仕事がマンションの二〇三号室と二〇四号室みたいに上手く棲み分けしてくれて、とても良い状態です。食堂で働いている時に小説のことは考えませんし、書いている時に食堂のことを考えることもありません。でも、もし食堂の小説を書いたら、二つの世界が混乱すると思います。だから食堂を辞めるまでは書けません」

その時は「ではまたの機会に」で会見が終わったのですが、それからわずか半年足らずで私は食堂を退職してしまいました。

すると早速のようにHさんから連絡があり、私はお昼に神楽坂の「たかさご」という素敵なお蕎麦屋さんに招待されました。その時は「これはもう逃げられないな」と覚悟しました。私は池波正太郎チックに〝昼下がりの蕎麦屋でそばを手繰りながら昼酒を呑む〟のが昔年の夢だったのですが、それを叶えていただいたわけですから。

角川さんは「食堂小説がいやなら、神楽坂近辺に残っている昔ながらの地名に題材を取ったミステリーでも良い」と仰ってくれましたが、私は「この際、食堂小説を書かせていただきます！」と答えました。すると角川さんは「絶対にそれが良い！　タイトルは『食堂のおばちゃん』でいく」と……。「そりゃ、あまりにベタじゃないですか」と私。

「何を言ってるんだ。君のことを知ってる人はみんな君が食堂のおばちゃんだって知ってるんだよ。このアドバンテージを活かさない手はないだろう」

やっぱり角川さんは優秀な編集者でした。『食堂のおばちゃん』というタイトルでPR誌「ランティエ」に連載した小説は、それまで私が目指したスリルとサスペンス、ドラマティックな盛り上がりとは違う「近所の食堂で美味しいご飯を食べてまったりした気分」の小説になりました。「今までの山口さんの小説の中で一番好き」と言ってくれる友人もいて、自分でも新境地が開けた気分でした。幸い続編の連載も決まり、私にはいくつもの幸運をもたらしてくれる作品となったのです。

それと、もう一つ嬉しかったのは、他の出版社の担当編集者たちも、角川さんと仕事をすることを喜んでくれたことです。「あの人は編集者としては二十世紀でも三本の指に入る人だから、将来、山口さんの宝になりますよ」と言ってくれた人までいました。

私は松本清張賞受賞以来いくつもの幸運に恵まれましたが、編集者に恵まれたのも大きいと思います。私の作品を好きだと思ってくれる編集者に出会えたことです。好感を持ってくれる編集者に担当してもらえる作家ばかりではありません。「本当はこの人の小説大嫌い」と思っている編集者が担当になることだってあるのです。

私の場合、文藝春秋社以外は、受賞作を読んで「うちで小説を書いて下さい」と依頼してくれた編集者が担当です。新人に小説を書かせるのは一種の冒険ですから、そういう方が何人も現れたのはまことに幸運で、足を向けては眠れない気分です。

そして文藝春秋社には書籍・文庫・雑誌（『オール讀物』）と、担当者が三人います。この中で一番最初にお目にかかったのが書籍の担当Aさんで、受賞前から担当でした。と言うのも松本清張賞は三月初め、つまり誌上に二次選考通過作品が発表される以前に、最終候補四作品が決まって各候補者に担当が付くのです。Aさんはベテラン編集者で、新人を担当する役ではなかったのですが、たまたま当時三ヶ月ほど時間が空いたので「久しぶりに新人を担当してみない?」と打診され、「それなら『月下上海』が一番面白かったから、その作者を」と申し出てくれたのです。受賞後の過密スケジュールは、Aさんの綿密な調整がなければ大混乱に陥っていたでしょう。朝五時のテレビ撮影から夜中の二時のラジオ収録まで、立ち合いで付き添っていただきました。一時期、親よりお世話になった方です。

文庫担当のBさんは同じ酒呑み、しかもスパークリング系が一番好きと言うことで、もはや他人とは思えません。

『オール讀物』のNさんは年齢差四半世紀の若さですが、受賞第一作の短編を書いている時から貴重なアドバイスをいくつもいただきました。何より、小説に関しては同じ方向を向いているのが伝わってきて、心から信頼出来る編集者です。

普通、新人がこれほど編集者に恵まれることはないはずなので、その点でも我が身の幸運を感謝せずにはいられません。

ご存知の方もいらっしゃるかと思いますが、私は二〇一三年の十二月から『FLASH』(光文社)誌上で人生相談のコラムを連載してます。タイトルは「相談すんな!」。だって、自分の人生を他人に相談するなんて、おかしいでしょう?

話は逸《そ》れますが、私のボケた母親は『FLASH』のことを「エロ雑誌」と呼びます。

「自分の娘が原稿を書かせていただいている雑誌を、『エロ雑誌』と言う親がありますか。『写真週刊誌』と言いなさい!」。すると母曰く「だって下の毛がソヨソヨ風になびく写真が一杯載ってるよ」「だから『写真週刊誌』なの!」「……なるほど」

編集長のYさんから連絡があったのは、角川さんとお目にかかった半月ほど後でした。

待ち合わせに指定されたのは帝国ホテルの「オールドインペリアルバー」。どうして私の心の琴線に触れるような場所を……と思いつつ、午後二時に行くと、Yさんはすでにビールを飲んでいました。こうなったら私も白ワインを注文するしかありません。その時点ですでに話は決まったも同然でした(笑)。

「僕はやはり写真週刊誌では将来性が乏しいと思う。いずれは総合週刊誌に転換を図らないと難しい。その第一段として、是非山口さんに面白いコラムを書いてもらいたい」

お話の趣旨は大変立派で、私も「コラムって書いてみたいな」と思いました。Yさんからは「人生相談でも良いし、自由にエッセイを書いてくれても良い」と言われたので、それなら人生相談にしようと思いました。人生相談であれば毎回お題をいただいてエッセイが書けるので、フリーハンドで書くより楽ではないかと計算したのです。

実際に連載を始めると、これはとても楽しい仕事でした。小説とエッセイは同じ脳みそでも使う場所が違っていて、書いていると気分転換になったりします。それに深刻な内容から軽いノリのものまで、相談して下さる方たちの肉声が伝わってくるようで、やり甲斐もあります。

このコラムは結構各社の担当編集者が読んでくれて「あれは笑えました」とメールをもらったりします。「エロの谷間の一膳飯屋って感じが良いですね」と言われた時は嬉しかったです。

友人に「買うのは恥ずかしいだろうから、立ち読みしてよ」と言ったら「立ち読みする方がもっと恥ずかしい」と言われてしまいました。

まあ、はっきり言って、お悩みの解決には役に立っていないかも知れませんが、ご相談者さんたちは納得しているでしょう。「なるほど、相談すんじゃなかった」と……。

興味のある方は覗いてみて下さい。そして、悩みのある方は是非一度ご相談を。

第二章　お見合い四十三連敗

父の遺伝子を丸ごと受け継ぐ

私は東京タワーと同い年です。昭和三十三年六月六日、東京都江戸川区の松江という町に生まれ、三十歳まで暮らしました。

江戸川区というと「下町ですね」と言われますが、半世紀前の江戸川区は完全な田舎でした。私が生まれた当時、松江は「東小松川」という地名だったのですが、小松菜というのは「小松川で採れた菜っ葉」のことで、これだけでもどれだけ田舎かお分かりでしょう。家から徒歩一分で田園風景……田圃《たんぼ》と畑と肥溜《こえだ》めが広がっていました。

小川も流れていましたね。春の小川でメダカを捕ったり、マッカチンというザリガニを捕ったりして遊んだものです。大人になってからレストランでオマール海老を見た時は「おお、マッカチン！」と再会を懐かしんだものです。

私の家は理髪鋏の工場を経営していました。「剪刀齋山弥《せんとうさいやまや》」という理髪鋏の業界ではトップブランドで、祖父は現代の名工技能賞を受賞し、勲六等瑞宝章を授与されたほどの名職人でした。

路地に面した鰻の寝床のような細長い土地。面積にして大体百坪くらいでしょうか、その中に工場と母屋と従業員寮の三棟の建物が建っていました。最盛期には工員さんが住み込みと通いを合わせて二十人近くいたと思います。とは言え工場はボロい木造で、住まいは風呂のない平屋建て、住み込みの工員さんの寮が一番新しくて二階建てでした。だから子供の頃は大家族で、住み込みの工員さんには朝ご飯と夕ご飯を出していましたし、うちから定時制高校に通う工員さんたちには、母が親代わりとなり保護者会にも出ていました。

町工場の奥さんというのは、ほとんどの場合専業主婦ではやっていけません。母は帳簿をつけて経理を担当する他、従業員の食事の世話をしていましたが、中には工場で実際の作業をしたり、外交面を担当する奥さんもいました。その代わり従業員として給与が支払われたので、夫の給料をへそくらなくても自分名義の収入があり、その点は恵まれていたと思いますが。

母一人では二十数人いる大所帯の家事をこなせないので、住み込みのお手伝いさんを雇っていました。私が赤ん坊の頃から家にいた人なので、家族同然でしたし、母とはとても気が合って、義理の姉妹のような関係でした。私が小学校に入る前に退職して別の職に就いたのですが、その人が亡くなるまで、ずっと我が家との付き合いは続きました。

その頃、母は毎日忙しかったと思います。同じ敷地内に工場があるので、祖父と父は朝・昼・晩と三回家でご飯を食べるわけです。夫が朝仕事に出て夜まで帰ってこないサラリーマンの奥さんがうらやましかったようで、私に向かって口癖のように「エコちゃんはサラリーマンと結婚しなさいね。サラリーマンの奥さんは良いわよ。昼間っから『人妻椿』見てられるんだから」と言っていました。「人妻椿」はその頃流行《はや》っていた昼メロ、つまりよろめきドラマです。……そうか、〝よろめき〟も死語なんですね。今は不倫ドラマですか。

うちは両親と兄二人、私、祖父、お手伝いさんの七人で暮らしていました。祖父は世田谷の若林に家があり、そこには祖母と独身の叔父、未亡人の叔母母子が住んでいて、祖父は土曜の夕方世田谷に帰り、月曜の昼に工場のある江戸川区の我が家に戻ってくるという生活をずっと続けておりました。

父は大正四年、東京の渋谷に生まれました。忠犬ハチ公の実物を何度も見たそうです。「堂々として風格があった」とか。八歳で関東大震災を経験しています。いただき物の鯛の奉書《ほうしょ》焼きがお昼の食卓に出て、やれ嬉しやと思った途端、ドカーンと揺れが来て、鯛の奉書焼きは天井から落ちたホコリで埋まってしまいました。よほど口惜しかったのか、およそ生涯で訓戒らしいものを垂れたことはない人でしたが、たった一つ「美味いものは先に喰え」だけは口にしました。

そうそう、もう一つ「酒は水で割るな」。父はとても酒豪だったので「ウイスキーを水で割って呑む奴はウイスキー職人の心を分かってない。水で割らなきゃ呑めないような酒なら、そんなもん呑むな！」と言うのです。でも、普通の日本人は蒸留酒を生で呑んだら胃を壊してしまうので、よい子のみなさんは真似しないようにね。

ただ、父は酒豪でしたが、家で晩酌をしませんでした。芸者さんがいないといやなんです。家で呑むのは貧乏臭いと言って、もっぱら綺麗どころのいる場所へ出かけたようです。父が家でお酒を呑むのはお正月の赤玉ポートワイン（うちはお屠蘇《とそ》ではなく赤玉ポートワインでした）とお客様が来た時くらいでした。

母は完全な下戸《げこ》です。長兄は母の遺伝子を受け継いでノンアルコールビールで酔えるほどです。次兄はスケールの小さい酒呑みです。父の遺伝子を丸ごと受け継いだのは、どうやら私一人らしいですね。

あれは私が四十歳になったばかりの頃だったでしょうか。我が家にはいただき物の高級洋酒（カミュXO、クルボアジェなど）が棚の上にずらりと並んでおりました。私は夜中に独り酒を呑んでいて、買ってきた酒を全部呑んじゃって、さらにもうちょっと呑みたい時、買いに行くのが面倒なので棚の上の高級洋酒を分けてもらうようになりました。そして一年もしないうちにすべての瓶がカラに……。どうせ家では呑まないのでバレるわけないと思っていたら、ある日どういう風の吹き回しか、父が脚立に乗って棚の上の洋酒の瓶を手に取ったのです。あまりの軽さに驚いて箱を開けると、瓶の中は空っぽ。しかも、全部カラ。その時すでに次兄は結婚して家を出ていたので、誰が呑んだか一目瞭然です。

「パパはどうせ呑まないんでしょ。飾っといたらもったいないじゃない」

「だからって、全部呑むことないじゃないか」

「だって、一度栓を開けたら、早く呑まないと中身が悪くなっちゃうじゃない」

父はギャフンという顔をしたまま、呆れて二の句が継げず、結局私に文句を言えないままその話は終わってしまいました。

祖父は職人でしたが、父はエンジニアと言った方が相応《ふさわ》しいでしょう。元々は鋏造りを継ぐ気はなくて、戦前の東京工大を卒業してから三菱重工に勤めて自動車部門で働いていました。ところが明治生まれで職人気質、徒弟制度で鍛えられた祖父は、弟子を育成することが出来ませんでした。みんな途中で大喧嘩をして辞めてしまうので、工場の将来が危うくなり、見かねた父が退職して工場に入ったのです。

祖父は鋏造りに関しては天才的な職人で、金属の端を舐めればモース硬度計でも測れない微妙な硬さ違いを判定し、鋏を調整させれば切れ味も長切れも自由自在に変えられる腕を持っていました。しかし、その技術は経験と勘によって身に着けたもので、教えられて覚えたものではなかったのです。だから、自分の技術を言葉や数値に置き変えて、他人に伝えることが出来ませんでした。習うより慣れろ、技術は盗んで覚えろという世界です。父は祖父のような天才ではありませんでしたが、技を分かり易く説明し、他人に伝える術を持っていました。父が工場長に就任してからは、職人が怒って辞める例は減ったので、家業を継ぐという父の選択は間違っていなかったと思います。

一方、母は昭和二年、千葉県千葉市に生まれました。実家は元は大きな旅館だったそうですが、母が物心つく頃には廃業に追い込まれていました。バスの路線が開通したためです。それまで千葉大付属病院で診察を受ける患者さんは、ほとんど病院の近くのその旅館に一泊していたのが、日帰り出来るようになって、宿泊客が激減してしまったのです。

母の父、つまり母方の祖父は苦労知らずのぼんぼん育ちでしたが、一念発起して勉強し、検定で医者の資格を取りました。ところが開業して間もなく脊椎カリエスを罹病し、わずか四十歳の若さで亡くなってしまいました。母が十六歳の時です。

母の母、母方の祖母は看護学校を卒業し、結婚前は千葉大付属病院で働いていました。祖父が検定の勉強をする間、看護婦に復帰して元の職場に勤務し、生活を支えました。祖母が再就職を決意した時、祖父は「おまえが玉の輿に乗って退職したことは、昔の同僚はみんな知っている。それが今更古巣へ戻るのは辛かろう。どこか知らない土地の病院へ勤めてはどうか?」と尋ねたそうです。すると祖母はきっぱりと答えました。「私は少しも恥ずかしくありません。旅館が潰れたのは私たちの落ち度ではなく、時世時節で仕方のないことでした。私は堂々と元の職場へ復帰します。それに、人には同情というものがあります。玉の輿に乗ったはずの同僚が、亭主と子供と姑を抱えて必死に働いている姿を見れば、気の毒に思って良くしてくれるはずです」

祖父はダンディな男前であり、多彩な趣味の持ち主でした。米寿の母はいまだに「ママのお父さんほど素敵な人はいないわ」と言うファザコンですが、一方祖母のことは「田舎者でブス。ありがたいけどつまんない。お父さんはどこが良くて結婚したのかしら?」と辛辣この上ありません。ファザコン娘はどうも母親に手厳しいようです。それはさておき、祖父はしみじみ漏らしたそうです。

「俺はカミソリだが、あいつは鉈《なた》だ。カミソリの方が切れ味は鋭いだろうが、鉈とカミソリが喧嘩したら、鉈の勝ちだ」

母は県立千葉高等女学校を卒業しました。コーラス部で声楽に目覚め、オペラ歌手になるのが夢でした。ところが扁桃腺の手術をしたら声が不安定になって声質も変わってしまい、断念せざるを得えなくなりました。

後年、大学を卒業した私がマンガ家を目指したり、売れる見込みのない脚本や小説にしがみついていても、ただの一度も「いい加減に諦めて結婚しろ」とか、「ちゃんとした会社に就職しろ」と言ったことがないのは、自分自身が夢を諦めた経験をしたせいではないかと思っています。

母は十九歳で一度結婚し、長兄を産みましたが、間もなく離婚しました。そして二十八歳の時父と知り合い、長兄を連れて再婚しました。母は再婚でしたが、当時四十歳だった父は初婚。昭和十二年に応召し、終戦までずっと軍隊にいたため婚期を逸してしまった……と言うといかにも気の毒ですが、実際には気楽な独身生活を謳歌していたようです。母と結婚する前には愛人が三人いたそうですから（笑）。

長髪全盛時代、我が家に訪れた危機

半世紀前の江戸川区を「田舎」と書きましたが、それでもさすがは東京で、家の近所にはちゃんと商店街がありました。

路地のすぐ向こうの通りには米屋・八百屋・肉屋・魚屋・乾物屋・パン屋・ラーメン屋・酒屋・床屋・パーマ屋・小間物屋・甘味処等のある小さな商店街が、その通りの五十メートルほど先には町のメインの商店街……松江通り商店街がありました。片側一車線の小さな通りの両脇に五十メートルほど続くその商店街が、子供の頃の私には小宇宙でした。

そこには何でもありました。小学校の隣には二階建てのレストラン「ミツトミ」、向かいには大きな文房具店「エビハラ」と「江戸川書房」、味噌の「佐野屋」、「スーパー中村」、「八百竹」、食器店「保土田」、パンとケーキの「エノモト」、呉服の「伊勢屋」、洋品店の「やすだ」と「わんや」。その他にもお茶屋、紳士服テーラー、魚を叩いて作る自家製のおでん種屋、小さいながらもトリスバーがあり、肉屋とは別に鶏肉を専門に扱う鳥屋が二軒ありました。通りを走っていたのはトロリーバスでした。

子供の頃、買い物駕籠《かご》を下げた母のお供をして松江通り商店街に出かけるのは、ワクワクするようなイベントでした。今でもあの時の楽しさを良く覚えています。

今現在、先に挙げた店は「エビハラ」と「八百竹」を除いて現存していますが、商店街そのものはシャッター通りに近い有様です。たまにその場所を通ると、あの頃の賑やかな光景が蘇ってきて、胸が締め付けられます。

私は母にとっては三人目にやっと生まれた待望の女の子なので、舐めるように可愛がってもらいました。文字通り溺愛されて育ったのです。今になって振り返ると、二人の兄たちに比べてだいぶ甘やかされていて、申し訳ない気持ちになります。三人目なので母も子育てに慣れ、気持ちに余裕が生まれていた面もあるでしょうが。

二人の兄は疳《かん》が強くて食が細く、夜泣きはするは小鳥の播り餌のような離乳食を必死で作っても全然食べないはで、母は非常に苦労させられたそうです。夜中に泣き止まない次兄を抱え、いっそこのまま小松川橋の上から飛び込んでしまおうかと思った……と語りますが、多分それは嘘です。

ところが私はよく食べてよく寝る、食べさせておけば一日中機嫌の良い子でした。夜中の十二時にミルクを飲ませれば朝六時まで一度も目を覚まさずに熟睡し、離乳食など作らなくてもご飯粒を潰して口に入れてやればパックンと食べ、おまけに人が食べているのを見ると食欲が出て、一日に何度でもご飯を食べる健康優良児、母からしてみたら天使のような子供だったでしょう。

女の子は大体男の子よりも成長が早くておませです。小学生までは私も二歳年上の次兄より身体が大きくて、口が達者で、二人並ぶと必ず「お姉ちゃん?」と間違われたものでした。まだ幼稚園に行く前から絵本が大好きで、様々な絵本を買ってもらいました。子供なので何回か読んでもらうと中身をすっかり暗記してしまい、ページを開くと字も読めないのに文章がスラスラと口から出てきました。同時にお絵描きが大好きで、絵本を見ながらお姫さまの絵をいっぱい描いていました。

その頃、母は寝る前に絵本の読み聞かせをしてくれました。元々声楽家志望だったので、登場人物ごとに声色を使い分けたり、テーマミュージックを勝手につけたり、効果音を入れたり、時には内容をアレンジしたりと、絵本というよりラジオドラマのような感じで、お手伝いさんも「面白いから一緒に聞かせて」と、部屋に聞きに来たほどです。

今でも忘れられないのは『人魚姫』です。子供向けの絵本はラストをぼかして「天使になって大空へ上って行きました」とか何とか書いてあったのですが、母は原作通り、人魚姫が新婚の王子様を殺すことが出来ず、足元から泡になって、海の藻屑と消えて行く様を切々と語るので、子供心に「愛ってなんて残酷なんだろう」と思い、ワンワン泣いてしまいました。大人になった私が「恋」や「愛」と聞くと、まず「残酷なもの」「報われないもの」という概念を持つようになったのは、この時の体験が元になっているのかも知れません。

そして、幼稚園に通うようになると『少女フレンド』『マーガレット』という少女マンガ雑誌が創刊されました。私はすっかり少女マンガにはまり、当時は楳図かずおの恐怖マンガ『まだらの少女』『ママがこわい』などを夢中で読んでいました。そして画用紙に鉛筆で、見様見真似でマンガらしきものを描くようになりました。中学生になると『ベルサイユのばら』の連載が始まり、もう私の人生は『ベルばら』無くして語れないほどになりました。

当時は少女マンガの隆盛期。『ポーの一族』『ガラスの仮面』『アラベスク』など、少女マンガの金字塔とも言うべき作品が次々に登場しました。私は今ではすっかり〝あれがネーゼ〟で固有名詞は全滅ですが、それでも『ファラオの墓』の登場人物、アンケスエン、ナイルキア、スネフェル等をしっかり覚えています。大学に入ると『エロイカより愛をこめて』も座右の書になりました。以前「あなたの人生にもっとも大きな影響を与えた本を三冊上げて下さい」というアンケートに、『ベルサイユのばら』『ポーの一族』『エロイカより愛をこめて』と回答したら、「マンガはやめて下さい」と言われてムッとしたことがあります。

さて、マンガに夢中になっていた小学生時代、私の知らないところで我が家は大きな危機に直面していたのでした。

昭和三十年代からずっと工場の経営は順調で、注文は増える一方で生産量も上がっていました。私が小学校五年の初夏、家と工場と従業員寮をすべて新築する計画がまとまり、解体工事に伴って一家は同じ町内の貸家に引っ越しました。その年の秋、父は業界の団体旅行でヨーロッパに十日ほど旅行し、お土産を一杯買ってきてくれました。あの頃が、おそらく我が家の一番恵まれた時代だったと思います。

ところが翌年、急に問屋からの注文が途絶えました。東京と大阪、二軒の問屋に鋏を卸していたのですが、同時に注文が来なくなったのです。原因は長髪の流行でした。ビートルズが若者文化に旋風を巻き起こした結果、襟足を刈る七三分けは流行《はや》らなくなっていました。「剪刀齋の鋏で刈ると襟足が銀色に光る」と言われていた我が家の鋏は、その分値段も高く扱いにも高度な技術が要求されたのですが、長髪全盛の世の中では、もはや無用の長物でした。

注文がないということは収入が途絶えるということです。父は蓄えを崩しながら従業員に給料を支払い、新しい卸し先を必死に探しました。母も貯金を下ろして生活費に充て、自分に出来る仕事はないか、模索していました。

私と次兄が我が家の現状を知らされたのは二人が中学生の時です。

その時母は言いました。「でも、どんなことがあっても二人とも大学まで出してあげるからね」。そして当時すでに独立していた長兄が「いざとなったら俺は会社を辞めて道路工事の日雇いをやる。二人が大学を卒業するまで合わせて六年間、まだ若くて体力があるから大丈夫だ」と言ってくれたと付け加えました。

母にしてみれば悲壮な決意で告白したのですが、私も次兄もことの深刻さを理解していたとは言えません。次兄は昆虫少年で、人間界のことにはまったく興味のない性格でしたし、私はマンガばかり読んでいたので「カッコ良い、マンガみたい！」と思ったのでした。

そんな状況下にありながら、我が家が暗く重苦しい雰囲気に包まれていたかと言えば、そうでもありません。母は浅はかなほど楽天的な性格で、物事を深く考えないのですが、それが功を奏してつまらない出来事に笑いの絶えない生活を送っていました。私自身、箸が転んでもおかしい年頃だったのです。

当時読んだ安岡章太郎のエッセイの「戦前読んだ永井荷風の小説は伏せ字だらけで『○○まで脱がして……』となっていた。○○は腰巻きに違いないと思うと鼻血が出るほど興奮した。戦後、伏せ字の取れたその小説を開いたら『足袋《たび》まで脱がして』とあった。足袋ごときであんなに興奮したかと思うと情けない」という記述に「まあ、足袋まで伏せ字なんて」と思って母に聞くと、「そうよ。戦前はわいせつと社会主義は御法度でね。男女二人の場面じゃ〝屏風〟〝布団〟〝枕〟なんかみんな伏せ字だったんだから」、「それじゃ『枕草子』は『○草子』だったの？」、「あれは別よ。でもね……」。

そこで母は得意そうに鼻をうごめかせて言ったものです。「〝枕草子〟には別の意味があって、所謂《いわゆる》春本の隠語なのよ。本屋さんで大っぴらに春本くれって言えないでしょ」、「でも私、本屋で『枕草子』下さいって言ってエロ本出されたことなんか無いわよ」、「それはあんたが女子高生だからよ。うちのパパみたいな嫌らしい中年男が『君、どうかね？最近〝枕草子〟の良いの、入ってない？』なんて聞くと『へへへ。旦那、すごいのがありますよ』って、奥から出してくるのよ」、「へええ〜」。

こんなアホな会話に明け暮れる日々でしたが、突然無収入になったショックと、仕事が無くても従業員に給料を払い続けなくてはならない苦労は、母の身体に重いダメージを与えていました。それまで上が一〇〇前後の低血圧だったのが、突然一八〇を超える高血圧に変わってしまったのです。本態性高血圧と呼ばれる症状で、簡単に言うと原因不明です。血圧降下剤を飲み、減塩食を食べて養生するしか、当時の医学では手の施しようがありませんでした。

母はその後、東洋医学の施療を受けて、何とか回復にこぎ着けましたが、六十を過ぎてからは血圧降下剤を服用するようになり、現在に至ります。

私が高校を卒業するまでに、沈みかけた船からネズミが逃げ出すように、従業員はどんどん辞めてゆき、最後は父と祖父、従業員三人だけになりました。幸い新しい取引先も見つかり、その後も何とか工場を続けていくことが出来ました。

母は働き口を探していましたが、何の資格もない四十過ぎの専業主婦に出来る仕事は限られています。結局、当時、千葉県の西船橋で薬局を開業していた叔父と組んで、ダイエット教室を始めることになりました。自分自身が四十歳の頃ダイエットのために和田研究所に通った経験と、その時興味を持ってダイエットについてあれこれ調べた知識に加え、薬剤師の叔父が漢方その他の知識を導入して、指導に当たりました。結果は上々で、一時はかなりの盛況でした。私が大学を卒業する直前まで経営は続いていたと思います。

私は小学校と中学校は地元の区立の学校へ行き、高校は都立に進学しました。まだお受験という言葉もない時代で、地元の中学へ進学せず、私立の学校を受験したのは全校でほんの数人でした。高校受験になると、優秀な生徒は有名私立高を受験したようです。

当時の都立高校は学校群という制度を採用していて、墨田区・江東区・葛飾区・江戸川区を合わせて第六学区とし、その中にある都立高校をランク別に三校一組のグループにまとめ、そのグループの試験に合格すると三校の中の一校に振り当てられるという方式でした。だから特定の高校を受験することは出来ません。私が試験を受けたのは両国・隅田川・小松川の三校がセットになった六十一群というグループです。

合格発表の日、私は愚かにも受験番号を間違えて小松川高校に合格したと思い込み、受付に行ったら「山口さん？　名前ありませんよ」――唖然茫然。「ちょっと、受験票見せて。……おたく、両国高校だから。間違えないようにね」と、係の人に呆れられましたっけ。

「まったく、もう、おっちょこちょいなんだから。気を付けてよ」

付き添いの母は、しっかり者ならぬウッカリ者の自分の遺伝子を棚に上げて私を叱りました。手続きを終えたあと、錦糸町駅ビルのレストランで食べた鱈のステーキとマッシュポテトの美味しかったことは、今も忘れられません。

いじめから得た教訓三原則

両国高校で過ごした三年間は、人生で一番幸せな時間でした。親しい友人も出来ましたし、初恋もありました。ことに二年生のクラスは男女とも非常に仲が良くて、夏休みに生徒同士二十四名で伊豆へ旅行に行ったくらいです。両国高校の同窓生とは今も親しく付き合っている人が何人もいます。もはやお互い四捨五入して還暦になったというのに、学生時代の友人というのは不思議なもので、会って話せばすぐに十七歳に戻れるのです。

これは松本清張賞を受賞して初めて知ったことですが、石田衣良さんは小学校・中学校・

高校を通して、ずっと一学年下にいらっしゃったそうです。お互いまるで面識がないのにびっくりです。まあ、小・中・高共に全校生徒千人近い人数がいたのですから、学年が違うと同じ部活動でもやっていない限り、面識がないのは当然かもしれませんが。

実は小学校・中学校と、私はいじめに遭っていました。

小学生の時の原因は牛乳です。私は白いままの牛乳が飲めません。カフェ・オレやミルクココアは大好き、アイスクリームもソフトクリームもクリーム煮もグラタンも全部好きなので、アレルギーではありませんが、とにかく白い牛乳をそのまま飲むと吐いてしまうのです。赤ん坊の頃は問題なかったので、幼児期に嗜好が変わったのでしょう。

私が小学生当時、まだまだ先生の権威は強く、子供の人権は軽く見られていました。給食が食べられない子は「ワガママ」なのでみんなが帰った後も教室に残されました。終業の四時まで残されて、最後は水飲み場で無理矢理飲まされるので盛大に吐いていました。これが例えば「筍が食べられない」とか「バナナが嫌い」であったら、せいぜい月に一度、あるいは二〜三ヶ月に一度残される程度ですんだはずですが、牛乳は給食に付きものなので毎日残されるのです。同級生も毎日居残りさせられる私を「変な奴」「ダメな奴」と白い目で見るようになりました。

小学校一年生の女の子が毎日四時過ぎまで学校に残されるので、母も担任に抗議しました。しかし「給食も教育の一環」「ワガママは認められない」の一点張りで埒《らち》があきません。母も「あんなのに何を言っても無駄」と匙《さじ》を投げてしまいました。この時の教訓で、私は「負ける喧嘩はしない」「勝てない相手は時期を待って仕留める」「絶対に勝てない相手は味方につける」の三原則を肝に銘じました。こちらの主張を相手に認めさせる力がないなら、抗議なんかしない方がましです。風当たりが強くなるだけですから。

二年生になると担任は産休に入り、代わりに大久保先生という、子供の目からは初老の男性教師が代理で赴任しました。大久保先生は「コーヒーやココアを入れれば飲めるなら、持ってきてかまいません」と仰いました。教師の決断一つで生徒の学校生活は地獄から天国へと変わるのだと、しみじみ感じたものです。

つかの間の幸せも担任が産休が明けて戻ってきたら「特別扱いは認められない」と元の木阿弥に戻りました。小学校時代、私のクラスだけは何故か一年ごとに担任が替わりましたが、六年生の担任になった田代先生は「飲めないものは無理に飲まなくても良いよ」と仰って下さり、これでようやく五年間続いた地獄から解放されたのでした。

今、小学校ではアレルギーなどの理由が無くても、嫌いなものは無理に食べなくても良いという方針だそうです。私はそれで良いと思います。本来、食事のマナーや習慣は家庭で教育すべきものです。食事中に騒いだりして周囲に迷惑をかけない限り、学校は放っておくべきでしょう。特に子供は成長過程で差があって、小食の子もいれば大食の子もいます。規定の分量が食べられないからといって居残りまでさせて食べさせるのは、教育ではなくてただのパワハラです。

中学校は、私が入学した年から給食室が建設され、弁当を廃止して給食制になりました。ただ、幸いなことに「何を食べて何を食べないかは自己責任で、学校は関知しない」という方針でしたので、もう牛乳で苦労することはありませんでした。

それでは何故いじめに遭ったかというと、原因はやはり私の性格でしょう。私は今でも思ったことを正直に言いますが、当時は子供だったせいもあって、正しいと思えば時と場合を考えずに堂々と主張し、周囲の空気を読むとか、人の顔色を読むとかの配慮を一切しませんでした。そして、まともに反論出来ない相手に対する軽蔑を隠しませんでした。それが男子生徒の反発を買ったようです。

まともに反論できない時に、大人も子供もやることは同じで、数を頼んで攻撃します。一対三くらいならまだしも、一対二十三では勝負になりません。泣くような性格なら事態は変わったかも知れませんが、私はますます義憤に燃え、ホームルームや弁論大会など公共の場で、徹底的に男子生徒の卑怯な振る舞いを非難攻撃しました。結果、仕返しは二十三倍返しでした。

いじめの標的にされて楽しいはずはありません。毎日この上もなく不愉快でした。しかし、私にはこの学校を卒業したら、おそらく彼らとは一生付き合わないだろうという自覚がありました。だから一刻も早く卒業したい、この学校を出て行きたいと願っていましたが、自殺しようなどとは夢にも思いませんでした。

今、事件になったいじめのニュースなどを見ると、あれはいじめなどではなく、もう立派な犯罪です。「いじめられている子は、いじめられているのが恥ずかしいので親にも相談出来ない」と聞きますが、脅迫・窃盗・傷害の被害に遭っている時に、そんな悠長なことを言っていたら殺される危険すらあるのです。すぐに親に相談して欲しいです。親が頼りにならない子供は警察の生活安全課に駆け込んでください。彼らは犯罪事件の専門家ですから、必ず救ってくれます。

ちなみに、学校は勉強を教える場であり、学校の先生は授業の他に膨大な雑務を抱えて忙殺されています。だから先生に相談するのは気の毒だと思います。世界一の教育大国フィンランドでは、公立学校の先生は日本の塾講師と同じく、授業以外のことには一切関知する義務がありません。進路相談は家庭、部活動は地域のクラブ、心の闇は心理カウンセラー、いじめ問題は警察と分業体制が確立しているそうで、うらやましい限りです。日本も早く体制を転換しないと、公教育は破綻してしまうのではないかと心配でなりません。

十五年続いた片思いの初恋

さて、高校入試に出た国語の問題「マンガについて書きなさい」の解答として、「私は将来マンガ家になりたい」と書いたように、当然マンガ家志望でした。しかし、高校二年の夏から突然ハードロックに夢中になってしまいます。それはその年の夏休み、バンド練習中の上級生の演奏を聴いて雷に打たれたようにしびれてしまったからです。

私は小学生時代から声が良くて歌の上手い歌手が好きだったので、声が悪くて歌の下手なロックにはまったく興味がありませんでした。ところがそのバンドのヴォーカリストHさんは超の付く美声で、歌も上手でした。音楽的な感動と初恋が手を携えてやって来て、私は完全に目がハート、毎日夢見心地に過ごしました。

私がHさんを好きなことはクラスの女子は全員知っていたので、みんな次々にご注進してくれました。「Hさんが階段教室の前にいた」と聞けば休み時間に急行し、「校庭にいた」と聞けば外へ飛び出し、「ああ、ここにHさんがいたのねえ」と、思い切り同じ空気を吸い込んでうっとりしていました。半年間毎日深呼吸をしていたので、翌年の健康診断では肺活量が上がっていたほどです。

Hさんはなかなかの秀才でもあり、外語大を卒業して都立高校の英語教師に内定していたのですが、直前に「ＶＯＷ ＷＯＷ」というプロのロックバンドのヴォーカリストになりました。ＶＯＷＷＯＷは後にイギリスに渡って活躍し、メジャーレーベルからデビューも果たしましたが、間もなくバンドは解散してＨさんは某県立高校の英語教師に復帰しました。教師になってからも年二回、夏と冬にはライブハウスでコンサートを開いていたので、私も高校時代の同級生と随分通いました。

私の初恋は片思いが災いしたのか、十五年も続いてしまい、完全に終わったのは三十二歳の時。酔っぱらうと冗談で「私の青春を返して！」と言ったりしますが、ちょっぴり本音も混じっています。

そんなわけで、Ｈさんに恋をした私の目標は「ロック雑誌の編集者」に変わりました。音痴で楽器も弾けないので音楽面で協力することは不可能ですが、文筆を活かして後方支援が出来たらいいな……と甘いことを考えていたのです。しかし、各雑誌の求人倍率の高さを知り、こりゃアカンと諦めました。

大学は早稲田大学の文学部に入学しましたが、元々何か目標があったわけではないので、半年もすると大学へ行くのがいやになってしまいました。

そんな私がはまったのが映画です。大学のある地下鉄・東西線沿線には高田馬場に「早稲田松竹」と「パール座」、飯田橋に「佳作座」と「ギンレイホール」という名画座がありました。封切りから半年ほど過ぎた映画を二本立て三百円（途中で五百円に値上がり）で見られる格安映画館です。元々子供の頃から「日曜洋画劇場」を観て育った映画好きなので、これはもう、虎を野に放ったようなものでした。早稲田駅で下車することはほとんど無くなり、二つ手前の飯田橋か一つ先の高田馬場で下車しては名画座に通い詰め、時には二軒ハシゴするほど入り浸りました。

二年生のある日、ふと思い立って学校に行ってみたら、期末試験が全部終了していました。つまり、私は落第する羽目になったのです。親が無理をして入学金を算段してくれたというのに、どうしてこんないい加減なことが出来たのか、今になると申し訳ない気持ちで一杯ですが、当時は何故か世をすねていて「おまえらに出来るのは長生きだけだ！」と「麻雀放浪記」の捨てゼリフを心の中で吐いていたのでした。

しかしそれから一年、再びムクムクとマンガへの夢が頭をもたげてきました。やっぱりマンガしかない！　私はまたマンガを描き始めました。

当初の目論見では、在学中に新人賞を取って少女漫画界にデビューするつもりでした。

しかし、現実はそう甘くありません。二度、三度と賞に応募しても、かすりもしませんでした。そのうちに卒業がどんどん近づいてきます。私は面白い話を描いたつもりなので、自分ではどうしてダメなのか分かりません。思いあまって編集者に原稿を読んでもらうことにしました。

当時『少女フレンド』『マーガレット』を読んで育った大人の女性向けに、女性漫画誌が創刊され始めていました。私は『YOU』という雑誌の副編集長に原稿を読んでいただけることになりました。

「話は面白いから原作者としてはやっていけるかも知れないけど、マンガ家としては無理。肝心の絵がこんなに下手じゃ、話にならない」というご意見でした。「それでは、少女マンガの原作を書いて生活していくことは可能ですか?」、「少年マンガは分業だから原作者の活躍する余地はあるけど、少女マンガは家内工業で、マンガ家さんが話も絵も自分でやっちゃうのがほとんどなんで、難しいねえ」。

私はなおも食い下がりました。「それでは、私が今から絵の学校に行って基礎から勉強し直して、きちんと絵が描けるようになったら、少女マンガ家としてデビュー出来ますか？」

するとと副編集長は哀れむように言ったものです。

「少女マンガの世界って言うのは、二十歳を過ぎたらもうおばさんです。あなたはすでにおばさんで、これから絵の学校を卒業する頃には完全なお婆さんです。我々が求めているのは少女の感性なんですよ。十五、六歳で絵の上手い子がいたら、それが理想です。編集者はお話はいくらでも助けてあげられるけど、絵は助けてあげられませんからね」

そしてとどめのひと言。「諦めて、ちゃんとした仕事を探した方が良いですよ」

ここまではっきり言われたのに、私は少しもめげていませんでした。このバカ、と言いそうになったほどです。私が少女マンガに惹かれたのは、絵の美しさもさることながら、華麗な、あるいは幻想的な、息もつかせぬストーリーの面白さに魅了されたからです。少女の感性の豊かさが年齢の若さに比例するとは限りません。現に、当時第一線で活躍していた少女マンガ家はすべて私より年上でした。

私は家に帰って母に「こうだった」と結果を報告しました。

普通の親なら「ほらね。だからマンガなんて夢みたいなこと言ってないで、ちゃんと就職することを考えなさいよ」と言うはずです。しかし、母は言いました。「そいつはバカだ。あんたの才能を分かっていない」と。

母が親バカを通り越してバカ親だというのはこの一言で明らかです。でも、母が世間並みの賢い母親だったら、多分私は「物語を書く」という夢を、人生の何処かの地点で諦めていたかも知れません。書き続けていられたとしても、母との関係は今のように親密なものではなかったでしょう。

「あなたが自分で才能がないと思って諦めるなら良いけど、適齢期を過ぎちゃうとか、誰それさんは大企業に就職しているとか、世間体を気にして自分の意に反した理由で諦めると、一生後悔するわよ」

それが声楽家の夢を諦めた母の、実体験に即したアドバイスでした。もし松本清張賞を受賞することがなかったら「この一言が娘の人生を狂わせた」となりかねませんが、後の人生がどうであろうと、私はこの時の母の言葉にいつも感謝しています。

マンガばかり描いていて就職活動をまるでしなかった私に、まともな就職先などあるはずがありません。親戚の世話で、宝石と毛皮の輸入販売をしている小さな会社にやっと就職出来ました。仕事はその会社が経営する店の販売員、ただの店員です。給料をもらって働く以上、上司の言いつけ通り仕事は真面目にやりました。でも私の中には、これはマンガ家デビューするまでの腰掛けだという思いが強くて、将来を託す気持ちはまったくありませんでした。

その会社は三年足らずで倒産したのですが、マンガ家デビューばかり考えていた私には、まるで他人事のように思われました。次は派遣会社を紹介され、同じ宝石販売の仕事をすることになりました。派遣でも専門分野があった方が多少有利ではないかという理由で、それからはずっと宝飾関係の仕事を選んで続けたのでした。

派遣店員として様々な店で働きましたが、表参道にあるPという店はとても印象に残っています。その店は店長と店員五人が働いていましたが、何故か私以外の店員はモデルクラブに所属するナレーター・コンパニオンの美女ばかりでした。私は前年に宝石鑑定士の資格を取っていたので、それが理由で派遣されたようです。

表参道は東京の西側にあまり足を踏み入れたことのない私には、別世界のような土地柄でした。外国人の姿も珍しくなく、街を歩いていると芸能人やモデルらしい九頭身の女性をよく見かけました。昼休みにとあるカフェに入ったら、お客さんが全員モデルさんで、一人だけ宇宙人になったような気がしたものです。

私がその店で働いたのは二十九歳から足かけ二年間。時代はバブルの真っ盛りです。若いサラリーマンがアルマーニの背広を着て、クリスマスが近づくと三越のティファニー前にはオープンハートのペンダントを買い求めるお兄ちゃんたちが列をなし、イヴの翌朝はシティホテルのロビーが若いカップルで溢れ返りました。高級レストランで土地成金のおっさんが女子大生を侍《はべ》らせる光景も珍しくありませんでした。

Pにはお客さん以外に美女目当てのおじさんたちもやってきました。多くはPのオーナーの知己であったようです。まずはプレゼントで気を惹いて食事に……という手順でしたが、そのプレゼントがハンパじゃない。エルメスのスカーフだのカルチェの三連リングだのが当たり前のように届くのです。当時私が男性にいただいた最高額商品はとらやの羊羹だったので、これはもう生きる世界が違うんだと痛感しました。

肉に例えるなら彼女たちは松阪牛。何も手をかける必要もなく、刺身で出したって十分美味しい。一方の私はノーブランドの並肉で、そのままでは不味《まず》くて食べられないから、じっくり煮込んで肉じゃがにするとか、野菜と炒めてスパイスを利かせるとか、自分なりの創意工夫でセールスポイントを磨かないと、とても人前に出せる料理にはならないんだなあ……と、しっかり自分に言い聞かせましたね。

その時冷静に自分のプラスとマイナスを分析したことで、その後の私の武器が決まりました。自分の最大のセールスポイントは多分「面白さ」に違いない。だったら、それを伸ばして行こうと。松本清張賞受賞以後、コラム執筆の依頼が来たり、テレビや新聞・雑誌でコメントを求められたりしたのは「面白い人」だったからでしょう。

さて、美女たちはおじさんの不倫相手になる気はさらさらありませんでしたが、プレゼントは断りたくなかった。だからお誘いがくると必ず「山口さんも一緒に行きましょうよ～」と頼まれました。こっちはお邪魔虫なのが分かっているので気が進みませんでしたが、一緒に働いている仲間の頼みを無下に断るのも角が立つので、お供でくっついていきました。帝国ホテルの高級寿司屋さんへ行った時のこと。席に着くなり、美女が「私、生ものダメなの」と……。そんなら先に言えよと思うのですが、おじさんは目尻を下げたまま「そう、○○ちゃんはお寿司ダメだったんだぁ。じゃあ、フレンチが良いかなあ?」。部下にはいつも横柄で尊大な態度を取っているくせに、自分の娘と同じ年くらいの若い女に鼻毛を抜かれてヘラヘラしているそのおじさんの姿に、耐え難いほどの嫌悪と軽蔑を感じて、一つひっぱたいてやりたいと思ったものです。

その店で体験した忘れがたい出来事がもう一つあります。

広告を見て来店した奥さま二人連れのお一人が、パールのネックレスを試着しました。色の白いその奥さまにピンク系の真珠は良く映えて、購入決定。するとお連れの奥さまも女心を刺激されて同じネックレスを試着しました。ところがその奥さまは浅黒い肌の持ち主でした。どういうものか、肌も真珠もひどく薄汚れて見えてしまったのです。奥さまが心証を害しているのが良く分かるので「どうしよう⁉」と思った時、店長が「こちらのお品は如何ですか?」と、別のネックレスを勧めました。粒の大きさは同じで、色が少し黄色っぽい真珠のネックレスでした。ゴールデン・パールのような高級品ではなく、ピンク系より格下の色目です。ところがそれを試着したら、あら不思議。小麦色の肌と黄色っぽい真珠は、お互いを引き立て合って、肌も真珠も輝くように美しく見えるのです。もちろん、奥さまはご機嫌で購入されました。

それは所謂《いわゆる》カラーリングの妙でした。その魔術のように鮮やかな効果を生まれて初めて目にした瞬間で、今もあの驚きを覚えています。これは宝石だけでなく、洋服や小物を選ぶ時も同じ効果があるのでしょう。だから着る物の色合わせは特に気を使っています。


このように派遣店員として働きつつも、私の目標はただ一つ、少女マンガ家になることでした。

しかし、いつも心に少女マンガを思っていても、社会に出て働くようになると長い休みは取れません。私の書いていた劇画調のマンガは描くのに時間もかかるし、道具を広げるのに場所も必要で、仕事をしながら描くのが億劫になってきました。そしてしばらく描かずにいて、一念発起して描き始めると絵が下手になっています。マンガも小説もスポーツや楽器と同じで、ブランクがあると技量が落ちるのです。もうがっかりして意気消沈し、またしばらくマンガから遠ざかります。そんなことを繰り返すうちに、何年も過ぎてしまいました。

三十三歳、お見合いスタート

あれは派遣と派遣の切れ目で、家でブラブラしていた時のことです。父が私を見て不審そうに尋ねました。

「そう言えば、おまえ、もう大学は卒業したんだよな？」

何故こんな間抜けなことを言ったかというと、父は芸者さんは好きだったくせに自分の娘にはまるで関心がなく、すべて母に任せておけば何とかなるだろうという安易な考えだったからです。

「あったり前でしょ。今年、三十三よ」

さすがにこれには愕然として、母の元へ飛んでいきました。「どうすんだ？　あいつ、売れ残ってるぞ」、「しょうがないでしょ。本人が結婚したくないって言ってるんだから」、「バカ！　女の結婚しないと、男の浮気しないは、当てにならん！」。

このようなわけで私はお見合いをすることになりました。父は見合いしたら一万円、次のデートにこぎ着けたらさらに一万円やると約束しました。失業者にとって二万円はデカイ。これは一稼ぎするしかないと、私もやる気を出したのです。

母の女学校時代の友人に　所謂《いわゆる》仲人おばさんがいて、お見合いの世話をしてくれました。その方のアドバイスでまず見合い写真の撮影です。

今は昔と違って、立派な額縁に入った大きな写真は流行《はや》りません。郵送に便利なように普通のスナップ写真が主流です。私も「ここで撮れば決まる」と評判の写真屋さんに安田庭園で撮ってもらいました。私はワンピース姿でしたが、中には着替えを持参して、夏・冬二通りの写真を撮る人もいるそうです。さすがに評判に偽りはなく、誰が見ても私とは分からないような写真が出来上がりました。この写真のお陰で四十三回も見合いすることが出来たのです。全部失敗してしまったので、自慢になりませんが。

お見合いは、私の方は母と世話人の方と三人で席に臨みました。男性の方は本人と世話人の二人でいらっしゃる場合が多く、お母さまが同席なさることはほとんどありませんでした。

そして大切な謝礼のお話です。当時、母は自分の側と相手側、二人の世話人さんに一万円ずつ謝礼をお出ししていました。相手側にも謝礼を出すのは「また良い方があったら紹介して下さいね」という含みです。当然、謝礼と一緒にこちらの連絡先などもお渡しします。そうしてお見合いを重ねる度にネットワークが広がって行く仕組みです。やがて「Aさんの持ち駒は大した人がいない。Bさんは結構良い手駒を持っている」と、世話人さんのランクも分かってきます。どの世話人さんも口を揃えて仰っていたことは「決まる話は早い」。結婚が決まるカップルは、見合い後早々に互いに結婚を意識するようになり、大体三月後には婚約するそうです。一方、三ヶ月以上交際してもそれ以上進展しないカップルは、成立しないとのことでした。

最初のお見合いに私は紺のスーツで臨んだのですが、後で相手側の世話人さんから電話が掛かってきて「お嬢さんはもうお年でいらっしゃいますからね。黒・紺・茶色・グレーは避けた方がよろしいですよ、老けて見えますから。明るい色のお洋服をお召しになって下さい」。

当時、私は宝飾店勤務の関係もあって、黒・紺・茶色・グレー以外の色の洋服を持っていませんでした。仕方なく母とデパートのバーゲン会場に行って、見合い用の服を買いました。それはどう見てもデパートのエレベーターガールの制服のようで、何故にこんな物を着なくちゃならないのか疑問でしたが、とりあえず世話人の言うことは絶対でした。

この世話人さんたちもなかなか個性的な方が多かったですね。豊富な経験に培われた観察眼の鋭さに驚かされたことも何度かありました。

最初の年、Yさんという方のお世話で四番目のお見合いした時のことです。相手の男性は色白小太りの中年で、コンピューター関連の会社経営者でした。最初の紹介が終わり、いざ二人で食事にと言う時、さり気なく背中に手を回したのです。それはとてもスマートな仕種でしたが、容姿とのミスマッチに、私の心には「?・」が湧きました。

帰宅すると母は「あの人はやめた方が良いと思う。どうも、女癖が悪そうな気がする」と言います。実は私も同じことを考えていました。そこへYさんから電話があって「私の四十年の仲人人生を懸けて言うけど、あの人はやめた方が良いです。見かけに似合わぬすごい女たらしで、お嬢さんは苦労しますよ」。

年齢の違う三人の女が、初対面の男に同じ印象を持ったわけです。しかも母とYさんは一時間ほどしか会っていないのに。人間の直感力は馬鹿に出来ないと思いました。

そして、似たようなことがもう一度ありました。相手はバツイチの医者で、母も世話人Oさんも「あれは女たらしどころじゃなくて、現在愛人がいると思う。トラブルの元だから関わらない方が良い」と口を揃えたのです。真相は不明ですが、私は母と世話人の直感力を信じています。

見合い相手は忘れたのにいまだに忘れられない世話人がNさんです。お医者さんの奥さまで、料理の名人でした。一度午餐会に招待されたのですが、私は生涯食べた御馳走のうちで、Nさん宅で御馳走になったこの日の料理ほどの御馳走を食べたことはありません。

一週間かけて戻したフカヒレの姿煮、自家製スモークサーモン、二度漉したクリームソースで煮た鮑、とろけるようなローストビーフ（何とそれ用に焼いた特注の皿に載って出て来た）、松茸ご飯と松茸の吸い物、デザートはフランス直輸入の小麦粉を使ったショートケーキとお取り寄せのオレンジで作ったゼリー……。家庭なので和・洋・中の御馳走が一堂に会するのです。

私はそのお見合いは断ったのですが、Nさんとのご縁は切りたくない。いっそのこと家政婦に雇ってくれないかと、真剣に悩みましたね。

全敗者が説く「お見合い必勝法」

お見合いを始めた頃、私は長い初恋が終わり、少し真剣に自分の将来を考えるようになっていました。私は結婚にはさほど憧れはありませんでしたが、母と仲が良かったので、母と娘の人間関係を母亡き後も続けていきたい、そのためには女の子が欲しいと、漠然とそう思っていました。だから、良い人がいたら結婚したいというのは本心でした。

しかし、私がお見合いを始めた年齢は三十三歳です。必然的に相手の年齢は四十代半ば以上になります。四十の半ばを過ぎて嫁さんがいないというのは、モテないかバツイチ、あるいは身のほど知らずに選り好みしているか、どれかです。はっきりいって「良い人」なんかいるわけありません。良い人はとっくに結婚していたのです。

お見合いを繰り返すうちに、私も段々それが分かってきました。お見合いという出会いから恋愛に発展するようなケースはないだろうと。

それでも少女マンガ家志望だっただけに、何処かで甘い期待をしていたんです。だって四十三回もしたんですから。ちなみに父が二万円くれたのは最初の三回くらいまででした。

最初はやはり気合いが入っていたようで、一年で二十回しました。土・日連チャンもありましたし、一度は昼夜二部制もやりました。お昼に京王プラザで会ってお茶飲んで四時に失礼。五時に帝国ホテルのロビー集合。それはさすがにヘトヘトに疲れて、以後昼夜二部制は避けました。次の年は十回、その次が五回、それから三、二、一で、四十歳でお見合いはやめました。

結果は全敗。「この人なら良いかな?」と思った相手には断られ、「こりゃアカン」と思った相手からは結婚を申し込まれる。要するに「結婚」という望みは叶わなかったのです。

何事も経験なので、無駄なことをしたとは思っていませんが、お見合いも十回を超えると段々こっちもスレてきて、目つきが遣《や》り手ババアに近くなります。一目で相手を値踏みするのですね。人相とか着る物、持ち物など。気が付けば向こうもこっちを遣り手ババアのように見ていて、笑いそうになりました。その時はさすがに虚しさを感じましたが。

さて、最初の年のお見合いが全敗だったので、翌年、母は私を厳しく訓戒しました。

「いい、よく聞きなさいよ。あんたみたいな口の減らない女は一番男に嫌われるタイプで、普通にしてたら夏の火鉢、手エ出す奴は誰もいないからね」

そして「桃太郎侍」の数え歌のような「お見合い必勝法」を伝授したのです。

「一つ、会話のイニシアチブを取らない」

男というのはどんなバカでも自惚《うぬぼ》れが強いから、会話の主導権を女に握られるとプライドが傷つく。だから決して自分から話題を振ってはならない。相手の言うことをよく聞いて、相槌に専念するべし。

「二つ、根問《ねど》いをしない」

人間誰しも常に論理的・体系的に物事を考えているわけではないので「それは何故ですか?」「ではこういう場合はどうですか?」と深く突っ込まれると、しどろもどろになってまとまる話もまとまらなくなる。ソクラテスはそれで死刑になってしまった。だから相手の言うことを深く追及してはならない。

「三つ、常に笑顔で同調すべし」

男というのはバカでスケベだから、女が自分を見てにっこり微笑むと、それだけで好意を持っていると勘違いする。だから相手が何か言ったら、必ず目を見てにっこり微笑んで

「そうですね」と言うべし。

シビアな言い方をすると、一時的に男をだまそうと思ったら、この方法は効果があります。でも、こんなこと一生続けていくわけにはいきませんよね。途中でボロが出て化けの皮が剥がれたら、お互い気まずい思いをすることになります。結婚は一生続きます。少なくとも続くように願って結婚するわけです。だからなるべく自分本来の姿のままいられる相手、それで一緒にいて上手くやっていける相手を見つけるのが大切です。

それでは私が、自慢にならない体験から「お見合いで結婚して幸せになる」心構えを伝授したいと思います。それにはまず強い決意が必要です。「どうしても年内に結婚するのよ。旧姓山口ですって、みんなに言ってやるのよ！」これくらいの意気込みで臨んでいただきたいです。そうすれば、妥協することが出来ます。

「背が高くてハンサムでお金持ちで優しくて学歴が良くて頭が良くて一流企業に勤めていてご両親の介護をする必要が無くて、そんでもって私を世界一愛してくれる人！」に巡り会える可能性はありません。その条件から何を選んで何を捨てるか、決断が必要です。「バカは絶対にいや！」とか「毎朝醜い顔は見たくないから、ハンサムだけは譲れない！」とか「私も一人娘で両親を介護しなくちゃならないから、夫の両親の介護は出来ない！」とか、最優先事項を決めます。後は残りの条件を冷静に取捨選択して下さい。今の自分に相応しい伴侶とは誰か、どの程度の条件が望めるか、はっきり見えてくると思います。

そして自戒を込めて言わせていただきますが、結婚の幸せは独身時代の幸せの上に継ぎ足すものではなく、独身時代の幸せはご破算にして、ゼロから新たに積み上げて行くものです。実家の居心地の良さに甘えているうちに、両親も年を取り、いつしかぬるま湯のような幸せも冷えてしまいます。そのことだけは覚悟して下さい。

私がお見合いした相手はほぼ全員、四十半ばで独身男。まともな人もいましたが、やっぱり変という人も大勢おりました。阿川佐和子さんに『お見合い放浪記』という作品がありますが、私もそれに倣《なら》って『お見合い放浪記／人外魔境編』を書こうかと思いましたよ。せっかく（？）なので、特に印象に残っている方たちをご紹介いたしましょう。

1．毛虫男

この方はお見合い放浪記の終わりの方、四十一、二番目にお会いした方です。仮にAさんとしておきましょう。私は母と世話人さんの三人、Ａさんはお一人で待ち合わせ場所にやってきました。八月の炎天下、新宿西口の高層ビル内の喫茶店で小一時間ほど過ごした後、私はＡさんと外へ。何処かの建物に入るのかと思ったら、行く先は新宿中央公園でした。「ここに座りましょう」と木の下のベンチを勧めるＡさん。

繰り返しますが八月の炎天下です。目の前にはハイアットリージェンシーホテルが見えています。そしてベンチの周囲にはホームレスのおじさんが二、三人寝ているのです。嫌々ながら、でも仕方なく、Ａさんと並んでベンチに腰を下ろしました。

するといきなり、スカートの上に毛虫が落ちてきたのです！　思わず「ギャッ」と叫んで飛び上がる私。何故か脱兎のごとく逃げ出すＡさん。じっと毛虫を睨む私。そして「素手で取るのは気持ち悪いから、小枝か何か探して取ろう」と、地面に目を転じて小枝を探していると、ホームレスのおじさんが近づいてきて、毛虫を取ってくれたではありませんか。「あ、どうもすみません」……そこへやっと小枝を手に戻ってきたＡさん。

どうして見合い相手が逃げ出して、ホームレスのおじさんが親切に毛虫を取ってくれるのか、私は理解に苦しみ、まじまじとＡさんの顔を見つめました。するとＡさんは何を思ったか聞きました。「毛虫、嫌いなんですか?」、「はい。大嫌いです。あなたは好きですか?」、Aさんは照れくさそうに答えました。「大きな声出すから……」。「てめえの膝に落っこちてきたわけでもないのに、脱兎のごとく逃げ出したのは、何処のどいつだッ!?」、怒鳴りそうになるのをやっと堪える私。「じゃ、行きましょうか」、立ち上がり、歩き出すAさん。今度こそ何処か冷房の効いた建物に入るのだと思ったら、別のベンチを指さして「ここにしましょう」。もうこの瞬間、この人とこれ以上一緒にいるのは健康上も精神衛生上も良くないと決断しました。

「すみません。クリーニングに出さないと毛虫のシミが取れないので、これで失礼します」

二人になってからわずか二十分足らず。お見合い時間の最短記録でした。

2. 競歩男

この方はお見合いを始めた翌年、二十何番目かにお会いした方です。某県の大手食品メーカーの息子さんで、珍しくお見合いの席にお母さまが同行してきました。お母さまは豪傑笑いをする女丈夫で、ご本人は母親に精気を吸い取られたような感じの方でした。仮にB

さんとしておきましょう。お母さまはひたすら会社の自慢をしては豪快に笑い、Bさんはただ黙って俯《うなず》いていました。

「こいつ、いい年してキンタマ付いてんの?」私がそう思ってジロジロ見ていると、横にいた母が私の足を蹴りました。

二時間ほどお母さまの豪傑笑いを拝聴した後、二人で外へ。Bさんは散歩と宇宙とインド哲学がご趣味とのことでした。

それは良いけど会ったのが新宿の喫茶店で、それから二人で新宿御苑から代々木公園まで、延々歩き通し! 私は競歩の選手じゃない! しかもお見合いだから勝負服のスーツとピンヒールですよ。途中で死にそうになりました。

やっと明治神宮にほど近いとある喫茶店で小休止。やれやれアイス・カフェオレとケーキでも……と思ったら、メニューにない。そこは自然食品専門のお店で、ハーブティーとドライフルーツとナッツ類しかないのでした。私は「とっとこハム太郎」じゃない! ひまわりのタネばっか喰ってられっかよ!

Bさんはこちらの思惑にはまったく無関心で、天体とインド哲学について語っていました。珍しく黙って拝聴する私。もうとっくにこの人はダメだと見切りをつけていましたが、ここまで長い距離を歩かされたんだから、せめて夕飯は豪勢な店に連れて行って欲しいと思っていました。しかし最後までBさんのサプライズは続き、夕飯は何の変哲もない食堂の八百円の定食でした。私はB家がどうして某県きっての財産家になったのか、その秘訣を知ったような気がしました。

翌日、こちらも断りましたがBさんも断ってきました。理由は「僕はもっと若い人と結婚したい」

「バカ野郎が！　履歴書読め！　ちゃんと年齢書いてあるぞ！」

これから一生Bさんと再会することもないでしょうが、もし会ったらそう言ってやりたいです。

3．サーロイン男

この方は三十番目、Bさんと見合いした年の暮れにお目にかかった方です。銀行にお勤めでした。仮にCさんとしておきましょう。

Cさんはお見合いの後、次は正月の二日にお目にかかりたいと連絡をくれました。

「きっと正月歌舞伎の席でも取ってくれたのよ。すごいわね」と母。

当日、待ち合わせの場所に車でやって来たCさん。歌舞伎座モードの私が助手席に乗ると、車は何故か羽田方面へ。着いた所は一面原っぱ。

「ここがベストポジションなんですよ」

Cさんは車を降りて原っぱに立ちました。周囲には数人、同じように突っ立っている人がいます。何が始まるのか……？　その時です。羽田空港を離陸した飛行機が、原っぱの上を飛んで行きました。Cさんも他の見物人も機体を見上げています。双眼鏡を覗いている人もいました。みなさん飛行機の離発着を見物に来ていたのです。

しかし、私は飛行機にまったく興味がありません。飛行機を見て喜ぶ幼稚園児でもありません。正月の二日に三十半ばの女が、吹きさらしの原っぱで飛行機の離発着を見せられて喜ぶかどうか、普通に考えれば分かりそうなものです。ましてCさんはすでに五十に近い年齢で、大手銀行の行員です。私が銀行の客ならどうするのか、一瞬考えました。

どのくらいその原っぱにいたのかは覚えていませんが、早めに夕ご飯を食べることになりました。ごく普通のレストランでステーキ定食を注文しました。選んだのは二人ともサーロインでした。ところが食事が始まると、何とCさんは肉から脂身を切り離し、そっくり残しているではありませんか。私が驚くとCさんも普通に食べている私を見て、さも汚《けが》らわしそうに「脂身、食べるんですか?」と言いやがったのです。

「脂身が嫌いなら、ヒレを頼め!」と、喉元まで出かかりました。

余談ですが、私は脂身が大好きです。肉の三分の一は脂身であって欲しいです。鉄板焼き屋さんが肉の脂身をカットするのを見ると、身を切られるように辛いです。思わず「脂身、落とさないで下さい!」と叫んでしまいます。だって、肉の旨味は脂身にあるんじゃありませんか。マグロの大トロだってサシ入り松阪牛特A5番だって、あれは脂の美味さなんですよ。その脂身を侮辱するなんて、私は身内が恥をかかされた以上に頭に来ました。

まあ、そのような理由でこの話はお断りしたのですが、口惜《くや》しいことにそれでは済みませんでした。伊達の薄着で長時間吹きさらしの原っぱにいたせいで、私は膀胱炎になってしまったのです。一応完治しましたが、その後も数年に一回、寒い季節に膀胱炎がぶり返すことがあります。するとどうしてもあの寒かった原っぱと、脂身を切り離されたサーロインステーキが脳裏に蘇ってくるのです。

4．大好きなTさん

Tさんとお見合いしたのは三十七歳の時だったと思います。ソニーに勤めるエンジニアで、優しそうな丸顔、中庸を得た性格、そして穏やかなユーモア感覚の持ち主でした。

私はTさんとおしゃべりするのが楽しくて好きでした。おしゃべりと言っても、私が一方的にしゃべってTさんが上手く相槌を打ってくれていたのですが。何となく、結婚するならこの人だろうと思いました。おそらく、これから何回お見合いしても、これ以上ウマの合う人には出会えないだろう……そう思いました。

それなのに一気に結婚へと突き進まなかったのは、後で詳しく述べますが、その頃私には「脚本家になる」というはっきりした目標が出来て、脚本の前段階の「プロット」（これも後述）の仕事でいくつかのプロダクションからお金をもらえるようになっており、そこに気持ちを惹かれていたのが一つ、もう一つは実家の居心地が良かったので、そのぬるま湯のような幸福を捨ててまで誰かと一緒になって、果たして今まで以上に幸せになれるかどうか不安だったからです。

Tさんとは五〜六回、おしゃべりして食事して別れるという簡単なデートをしたと思います。最後にお目にかかった時は、Tさんの車で横浜に行きました。今はなくなってしまった波の立つプールがあって、そこで泳いで遊んで、夜は中華街でご飯を食べました。非常に楽しかったのですが、この楽しさは何の制約もないからで、これが結婚したら家のローンとか子供の教育とか、様々な問題に制約を受けて、こんな風に楽しく過ごすことは出来ないだろうな……と思いました。そして、よせばいいのにTさんに言ってしまいました。

「結婚とか抜きにして、これからもたまに会ってお茶を飲んだりご飯を食べたり、気軽にお付き合いすることは出来ないでしょうか?」

おそらくTさんも薄々私の気持ちを察していたのでしょう。哀しそうな顔で答えました。

「僕は結婚したいからお見合いしたのであって、友達が欲しくてお見合いしたんじゃありません。すでにもう四十六歳で、遅すぎて焦っています。あなたに結婚の意思がないのであれば、これ以上会うのは無駄です」

私も、なるほど、それは仕方ないと思って諦めました。

一九九五年、阪神淡路大震災と地下鉄サリン事件の起こった年でした。……あれからもう二十年。時の過ぎ行く速さに茫然とする思いです。

私は四十三回もお見合いしながら、一度も結婚出来ませんでした。どうしてダメだったのか、真摯にその原因を考えてみると、やはり人生を舐めていたからだと思います。これは負け惜しみでも何でもなく、前述したように私に結婚への強い決意があれば、問題なくTさんと結婚していたはずです。

でも、あの頃私は自惚《うぬぼ》れていました。私は結婚出来ないんじゃない、したくないだけだ、その気になればいつでも出来るんだという気持ちが、心の片隅にあったのです。その慢心が私から危機感を奪い、正真正銘のいかず後家にしてしまったのでした。

そして、本当のことを言えば、おそらく母も私がお嫁に行くのが寂しかったのだと思います。お見合い回数も三十回を超え、さすがの私も「ここらが年貢の納め時かなあ……」という諦めの境地になると、そこでもう一押しすればいいものを「良いよ、あんなのと無理して結婚しなくても。断っちゃいなよ」と焚きつけるので、「そうだよね〜!」となってしまうのでした。

小津安二郎監督に「晩春」という作品があります。行き遅れた一人娘の原節子を、大学教授である父・笠智衆が結婚させるまでの物語です。婚約が成立してから原節子が「私はお父さんと一緒にいるのが一番幸せなの。どんな人と一緒になっても、今お父さんと暮らしているほど幸せになれないような気がするの」と言う場面があります。私はあのシーンに非常に共感しました。誰と結婚しても、母と一緒に暮らすほど楽しくはないだろう。それなら二人で楽しいお婆さんになるのも良いんじゃないか……と。

しかし、小津は偉大でした。「晩春」監督当時まだ四十代半ばであったにもかかわらず、笠智衆にちゃんと言わせているのです。「お父さんはもう老人だ。滅んで行く世代だ。君は自分と同じ若い世代の伴侶と共に、これからの時代を生きて行かなくてはならない」。言葉は違っても、このような内容でした。

私が身を以て小津の偉大さを知るのは、もはや結婚出来ない状態に陥った後です。具体的には父が急死し、母がボケ始めてやっと、私は自分が天に唾していたことを思い知ったのでした。

2歳——写真右から父、次兄、私、祖父と自宅にて

4歳——着物大好き。
自宅工場の前で

3歳——右から母、長兄、家政婦さん、
手前が次兄と私

8歳——ママ大好き！

11歳——初舞台で「藤娘」を舞った

16歳——いとこのリカちゃんと。
このあと、15年にわたる初恋が始まる

20歳——母と愛媛に旅行

少女マンガ家を目指し、悪戦苦闘。
鉛筆ラフ画初公開

33歳——お見合い写真。母のワンピースを着て撮影。母が昔、銀座の「シルク」でオーダーしたもの

『あしたの朝子』の
イラストレーターさんに
この写真をお渡しした

34歳——松竹シナリオ研究会の仲間と江戸深川資料館へ。
後列右から3人目が私

47歳——下飯坂菊馬先生の出版記念パーティーで、
松竹シナ研24期仲間の大原久澄さんと。
同期で今も書いているのは私たち２人だけ

51歳——親鷹会の忘年会。この頃は更年期鬱でつらかった時期

55歳——食堂のおばちゃんが作家に ●写真提供＝毎日新聞社

プロット原稿の一部。何度も書き直したり、3日で原稿用紙100枚を書いたりした。書くことが苦にならないのは、この仕事で鍛えられたから

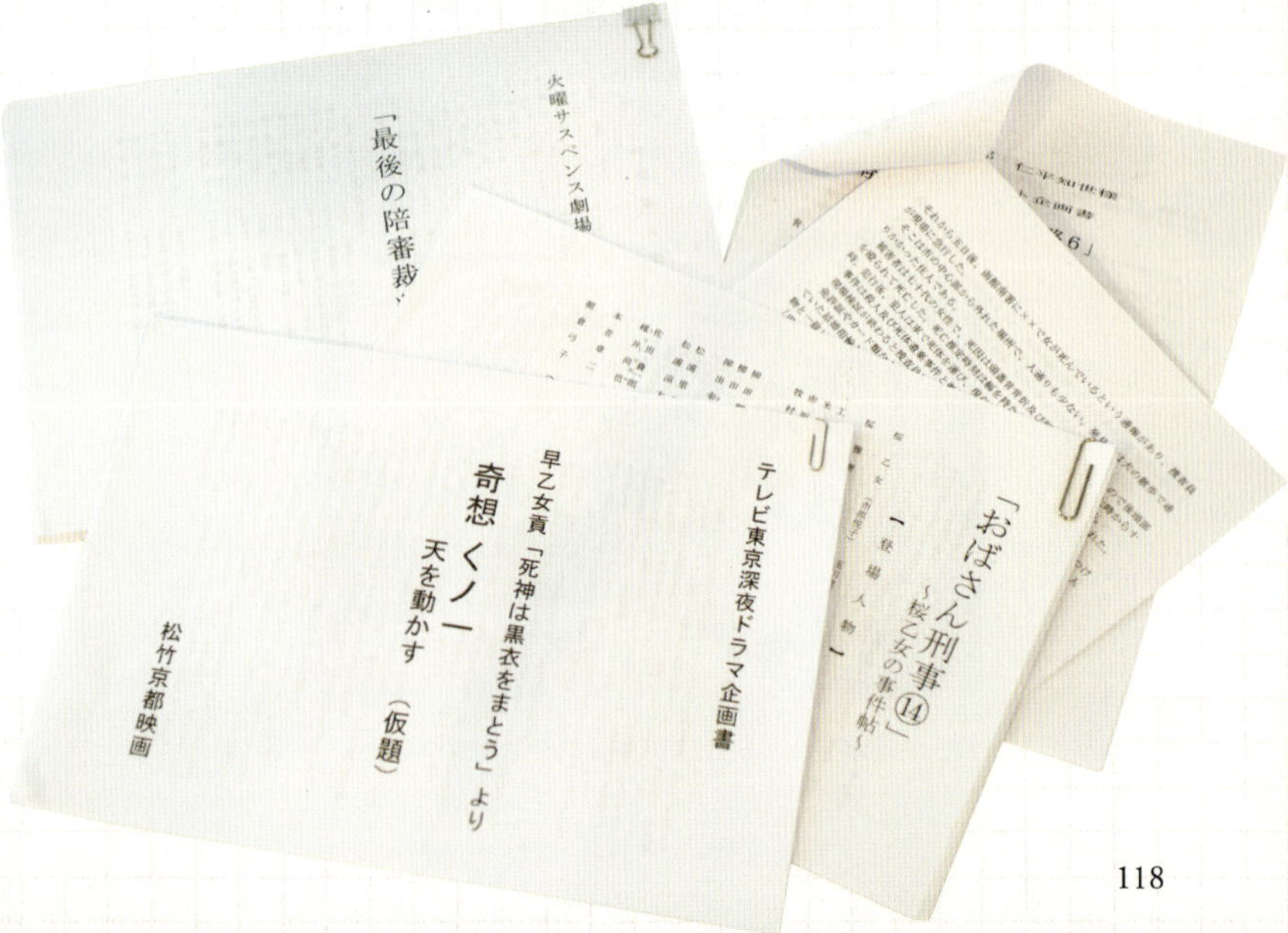

55歳——松本清張賞贈呈式
丸の内新聞事業協同組合の同僚たちも
お祝いにかけつけてくれた（写真下）
●写真提供＝文藝春秋

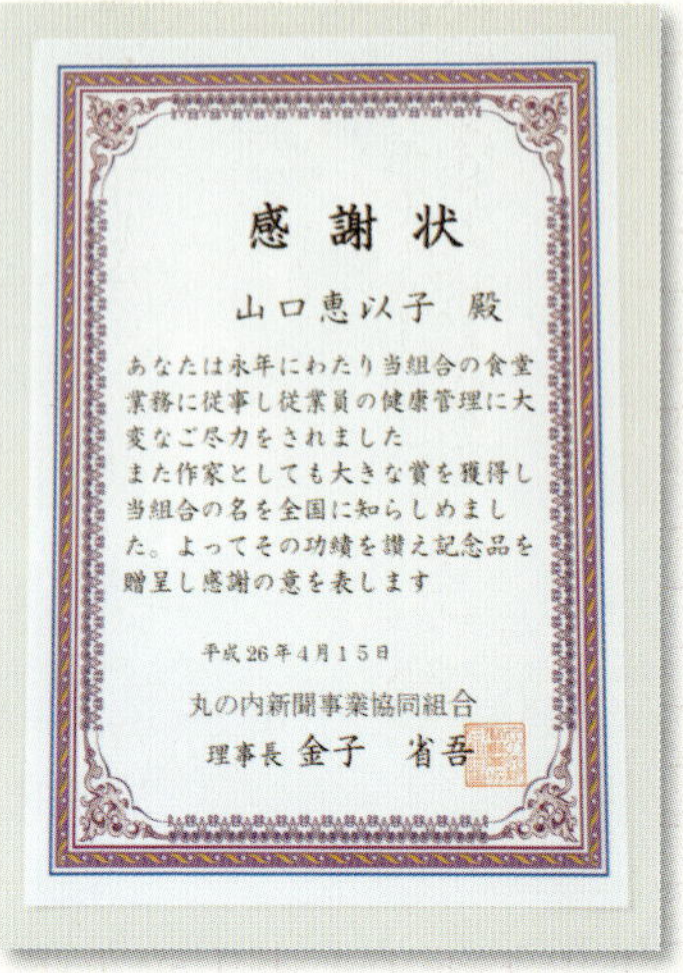

感謝状

山口恵以子 殿

あなたは永年にわたり当組合の食堂業務に従事し従業員の健康管理に大変なご尽力をされました
また作家としても大きな賞を獲得し当組合の名を全国に知らしめました。よってその功績を讃え記念品を贈呈し感謝の意を表します

平成26年4月15日

丸の内新聞事業協同組合
理事長 金子 省吾

丸の内新聞事業協同組合からいただいた感謝状は、
私の勲章!

物語を書くことが夢だった。その夢がかなって幸せ

郵 便 は が き

料金受取人払

神田局承認

1831

差出有効期限
平成29年1月
15日まで

101－8791

509

東京都千代田区神田神保町 3-7-1
ニュー九段ビル

清流出版株式会社 行

フリガナ		性　　別		年齢
お名前		1. 男	2. 女	歳
ご住所	〒 TEL			
Eメール アドレス				

お務め先 または 学校名	
職種 または 専門分野	
購読されている 新聞・雑誌	

※データは、小社用以外の目的に使用することはありません。

山口恵以子エッセイ集

おばちゃん街道 小説は夫、お酒はカレシ

ご記入・ご送付頂ければ幸いに存じます。　初版2015・8　**愛読者カード**

❶本書の発売を次の何でお知りになりましたか。

1 新聞広告（紙名　　　　　　　　　）2 雑誌広告（誌名　　　　　　　　）

3 書評、新刊紹介（掲載紙誌名　　　　　　　　　　　　　）

4 書店の店頭で　　5 先生や知人のすすめ　　6 図書館

7 その他（　　　　　　　　　　　　　　　　　）

❷お買上げ日・書店名

年　　月　　日　　　市区町村　　　　書店

❸本書に対するご意見・ご感想をお聞かせください。

❹「こんな本がほしい」「こんな本なら絶対買う」というものがあれば

❺いただいた ご意見・ご感想を新聞・雑誌広告や小社ホームページ上で

（1）掲載してもよい　　（2）掲載は困る　　（3）匿名ならよい

ご愛読・ご記入ありがとうございます。

第三章　食堂のおばちゃん

「物語が書きたい」──目標シフト

さて、お見合いを始めた年の秋、私は派遣の切れ目で家でブラブラしている間に少し太ってきたので、この際フラメンコでも習ってダイエットしようと思い「ケイコとマナブ」を買ってきました。ページを開くと目に飛び込んできたのは「松竹シナリオ研究所研修生募集」の広告。その瞬間「これだ！」と思い、早速試験を受けて、松竹シナリオ研修所第二十四期の研修生になりました。

子供の頃は「日曜洋画劇場」の大ファン、大学時代は名画座に通い詰めていたくらいで、元々私は映画好きでした。にもかかわらず、それまで脚本に関心を持たなかったのは、主に洋画ばかり観て、台詞を字幕で読んでいたせいでしょう。

ところが二十代の頃、山田太一脚本の「早春スケッチブック」を見て衝撃を受けました。第一回の放送で、樋口可南子が高校生の鶴見辰吾を「モデルの仕事がある」と偽って山崎努（実は少年の実父）の元へ連れていこうとするのですが、受験生の鶴見は怪しんで断ります。すると樋口は同じ電車に乗り込んで鶴見に近づき「私ってねちっこいのよ」と手を摑むや「痴漢よ！」と騒ぎ立て、強引に途中駅で下車させてしまうのです。当時、きれいなおねえさんに誘われると男の子はホイホイついて行くのがドラマのお約束でしたが、山田太一はその定型を破り、よりリアルで印象的なシーンを書いたのです。その後の物語の面白さ、素晴らしさは言うまでもありません。

第一回の放送を見終わって、私は茫然となりました。脚本にはここまでの力があると初めて知らされたのです。しかも、当時は「ふぞろいの林檎たち」、向田邦子「阿修羅のごとく」「あ・うん」など、珠玉のようなテレビドラマが次々放映されていました。脚本に惹かれる下地は十分に出来上がっていたわけです。必要なのはきっかけだけでした。

私の「マンガを描きたい」という思いは、今にして思えば「物語を書きたい」であったのだと思います。だからマンガという形式に行き詰まっても、私の中には「物語を書きたい」気持ちが燃えていて、それが次の形式を探していたのでしょう。

マンガから脚本へ……そのシフトはとてもスムースで、自然でした。

松竹シナリオ研究所は、東銀座にある松竹本社ビルの十一階にありました。基礎科の授業は週二回、午後六時半から九時までなので、勤め人が仕事を終えてから通うことが可能でした。週のうち一回は著名な脚本家など、講師を招いてお話を伺う講義があり、あとの一回は実技の講習でした。

シナリオは小説と違い、形式があります。原稿は「ペラ」と呼ばれる二百字詰めの用紙が基本単位で「ペラ百枚」と言えば、四百字詰め原稿用紙五十枚に相当します。最初は細かな形式を覚えるだけで、どんどん上手くなっていくような気がしたものです。

松竹シナ研では恩師と呼ぶべき二人の名脚本家と出会いました。大島渚監督作品の脚本で知られる田村猛先生と、大映出身で「鬼平犯科帳」など時代劇を中心とした娯楽作品の脚本を多数手がけられた下《しも》飯《いい》坂《ざか》菊《きく》馬《ま》先生です。

田村先生は基礎科の卒業制作脚本の指導教官でした。私の脚本を読んで「俺はこの作品は全然評価しないけど、君はもっと良い作品を書ける人だと思う。俺が松竹で書く予定でダメになった企画があって、資料も全部揃っているから、書く気があるなら貸してあげるよ」と仰って下さったのです。何処の世界に断るバカがいるでしょう。私は先生から「検面調書」（検事の取り調べ記録）はじめ膨大な資料を借り受け、ある誘拐殺人事件を題材とする脚本を書きました。

田村先生はその脚本制作を通して、具体的に脚本の要諦を教えて下さいました。物語の始まりとドラマの始まりの違い、説明台詞とはどんな台詞か、省略の必要、場面転換の妙、等々。それなのに脚本で賞を取ることも、プロの脚本家になることも出来なかったのですから、先生には申し訳ない気持ちで一杯です。

そして基礎科修了後も、脚本で一向に芽の出ない私を心配して、温かいお手紙を何度も下さいました。そこに繰り返し書かれていたのは「焦るな。時期を待て。必ず時はやって来る」と言う忠告でした。当時は一刻も早くデビューすることだけを考えて聞く耳を持ちませんでしたが、今になると先生のお言葉が身に沁みます。

下飯坂先生は基礎科の時に一度講義に見えただけの方でした。ところが石沢英太郎の小説「牟田刑事官」シリーズをはじめ、ミステリードラマの脚色を多数手掛けたという紹介を聞き、私は図々しくも当時書いていたミステリー小説を「読んでくれませんか？」とお願いしました。先生は困惑気味に尋ねました。「ワープロだろうね？」「手書きです」「手書きは困るよ」「私の字はスーパーの広告みたいに読みやすいから、大丈夫です！」

強引に押し切ったにもかかわらず、先生は丁寧に読んで下さり、「これは佳作にも引っかからないと思うけど、アイデアは面白いからテレビ朝日に売ってあげようか？」、「いいえ、今度は脚本で書いてみます」、「そんなら、ちゃんと刑事と警察を書かなきゃダメだよ。日本で私立探偵なんか、リアリティないからね」と、貴重なアドバイスを下さいました。この時の作品が『あなたも眠れない』の原形です。

わずかなご縁だったにもかかわらず、先生は私のミステリー好きを覚えていて下さり、松竹シナ研の研究科を修了した時「君、サスペンスドラマのプロットを書いてみない？」と、制作プロダクションを紹介して下さったのです。市原悦子主演「おばさん刑事（デカ）」を制作していたオセロットというプロダクションでした。

下飯坂先生には、その後も「時代劇研究会」という勉強会でお世話になりました。これは「このままでは時代劇の脚本を書ける人がいなくなる」と危機感を抱いた先生が主宰された勉強会で、松竹シナ研以外にも先生が講師を務められた脚本学校の卒業生たちが参加していました。そして、先生自身が時代小説もお書きになっていたので、脚本以外に小説も、SFからミステリー、純愛、スポ根、コメディーまで、ジャンルを問わずに作品を読んで講評して下さいました。

まるで芽の出ない下積みの時代、月一回同じ目標を持つ仲間たちの作品に触れ、忌憚のない意見を取り交わせたことが、どれほど励みになり、気持ちを支えてくれたことか。

人間という字は人の間と書きます。常に他人と群れる必要はありませんし、一人でいる時間はとても大切です。でも、孤立は良くありません。人の間で生きることの素晴らしさを大切にしていただきたいと思います。

田村猛先生は一九九七年に、下飯坂先生は二〇一〇年にお亡くなりになりました。脚本家になれかった私は不肖の弟子ですが、それでもお二人に教えていただいたことはいつもこの胸にあります。

「筋書きを書くな。人間を描け」

同じ道を歩むことは出来ませんでしたが、私もまた、お二人が目指したゴールを目指して進んで行きたいと願っています。

プロットライターとして売れっ子に

さて、オセロットでプロットを書き、初めて代金をもらった時、それまで「夢」でしかなかった脚本家は「目標」に変わりました。ドアは開かれました。二十四期の仲間の中で、一番初めに書く仕事でお金をもらったのです。目の前に続く道を歩いていけば、私は脚本家になれる。そう信じて疑いませんでした。

ほとんどの方はプロットという物をご存じないでしょう。脚本のためのストーリーです。オリジナルも、原作のある場合もありますが、脚本家はこのプロットを元に脚本を書きます。建築に例えると基礎工事がプロット、上物が脚本、内装・外装を施して建物を完成させるのが演出家、もしくは監督です。

完成したプロットは「企画書」と呼ばれ、通常原稿用紙三十枚から五十枚くらいの長さでまとめられます。しかし、書き直しを何度もさせられるので、実際には原稿用紙三百枚以上書かされます。その上、もらえる代金は額面五万、手取り四万五千円。ひどいプロダクションは額面三万、手取り二万七千円です。もっとひどいプロダクションは踏み倒します。幸い、私は経験ありませんが、踏み倒された話は沢山聞きました。しかも、名前は画面に出してもらえません。今は「原案」という形でテロップが出ることもありますが、私の現役時代は基本的に無記名でした。

まさにデスクワークの蟹工船。ライターという生態系の食物連鎖、その最底辺にいるのがプロットライターでしょう。そして「無理偏に拳骨と書いて兄弟子と読ませる」のが相撲の世界なら「無理偏に搾取と書いてプロデューサーと読ませる」のがドラマの世界です。

そんなひどい目に遭わされながらも、多くのプロットライターが唯々諾々とプロデューサーの命令に従っている理由はただ一つ、脚本家になりたいからです。城戸賞など、大きな脚本賞を受賞して〝脚本家の卵〟としてデビュー出来なかった者は、私のように制作プロダクションからプロットの仕事をもらって書き続け、「今度、シナリオ書いてみる?」と声がかかるのを待つしかないのです。

下飯坂先生は「時代劇研究会」に集まる脚本家志望の若手に、口癖のように「君たちは十年遅く生まれすぎた。運が悪い」と言っていました。何故なら一九八〇年代前半までは連続ドラマの数も多く、その反面、脚本家志望者の数は少なかったので、デビューがずっと容易だったからです。

例えば「特別機動捜査隊」のような連続ドラマは数人のベテラン脚本家が回り持ちで書くのですが、誰かが「今度僕の弟子のZ君に書かせてくれない?」とプロデューサーに頼むと、即OKが出たそうです。それは大先生が共著という形で後ろ盾になり、直しその他は責任を持って引き受けてくれるからです。そして出来が良いと「今度、一人で一本書いてみる?」と声が掛かり、やがて一本立ち出来るわけです。

ところが連続ドラマの数が減り、脚本家の数は増えました。パイは小さくなったのに食べる人が増えたのです。脚本で賞を取っても、プロになれずに消えていく人が増えました。

それでも私は信じていました、私だけは絶対に違うと。この根拠のない楽観がどこから来るのか分かりませんが、とにかく生まれてからずっと、私の人生を支えてくれたのだと思っています。

私はプロットライターとしては売れっ子でした。オセロットでの仕事をきっかけに、次々色々なプロダクションから仕事がもらえるようになりました。NHK以外のテレビ局では、最低一本くらいサスペンスドラマのプロットを書いています。どうして売れたかというと、とにかく書くのが早かったからです。「明日まで」とか「三日で五十枚」とか、平気で書いていました。断ったら次に仕事がもらえなくなるので、絶対に断りませんでした。

しかし、どれほど仕事をこなしても、一本四万五千円では生活出来ません。月に四本書けば手取り十八万円になりますが、他のプロットの直しをしながら月に四本ずつ書いていたら、多分三年目には過労死してしまうでしょう。だから宝飾店の派遣店員の仕事は辞められませんでした。

せっかくの機会なので、具体的にどのようにプロットを制作するか、簡単にご説明します。まず制作プロダクションの企画会議に呼ばれて行くと、プロデューサーから企画内容を告げられます。「一人の男が三人の人間から命を狙われる話をやりたい」。そして条件が提示されます。「渡瀬恒彦を主役に考えているので、シリーズ化を狙っている。だからラストで主人公が死ぬのはなし」。それから話し合って細かなアイデアを出し合います。それを持ち帰って、原稿用紙三十〜五十枚のストーリーを作って提出するのです。私は金曜日の企画会議に出た場合、必ず月曜日には企画書を仕上げて提出していました。

オセロットは一番沢山仕事をもらったプロダクションで、オーナー兼プロデューサーのAさんは生まれてから出会った人の中で一、二を争う頭の切れる人でした。そして何しろオーナーなので「今日、二百七十三円しか持ってないんです」と言えば、その場で提出したプロットの代金を払ってくれました。普通はこうはいきません。わずかな金額なのに「企画書が通ってから」「映像化されてから」と理屈をつけて、なかなか払ってもらえず、ひどいプロダクションは半年、一年と支払いを延ばしました。三ヶ月も書き直しで拘束された挙げ句、一年後に二万七千円もらっても、プロット代を払ってもらった気はしません。借金を取り返したような気分でした。

そうそう、最初の頃は家にファクシミリがなかったのでコンビニから原稿を送っていたのですが、Aさんは「こんな汚い原稿に金を払いたくない」と言って、経費で私にファクシミリを買ってくれました。私がAさんと違う機種のワープロを使っていたら「フロッピーの変換が面倒臭い」と言って同機種のワープロを買ってくれました。「もうすぐワープロは製造中止になる」と、不要になったパソコンとプリンター一式を「絶対にパソコンで原稿を書くように」という厳命の元、プレゼントもしていただきました。

大変お世話になったAさんですが、その分仕事に関しては完全に鬼でした。原稿の質に厳しいのはもちろん、人格否定発言なんか日常茶飯事でした。私がその後どんなプロデューサーと仕事をしても簡単に合格点をもらえたのは、ひとえにAさんに鍛えられたからでしょう。良い思い出ばかりではありませんが、やはり忘れがたい人の一人です。

ただ、世の中はAさんのように優秀なプロデューサーばかりではありません。どうしようもない無能な人もいました。そして無能な人ほど「女性ならではの視点を活かして」などと言いたがります。「女性ならではの視点」などありません。あるのは「作者ならではの視点」のみです。

私がプロットライター時代にやった仕事で、一番愚かしい作品をご紹介しましょう。これには原作があり、主婦・カメラマン・実業家の女性三人が探偵役でした。ところがこの三人のキャラクターの書き分けがまるで出来ていないので、全部同じ女に見えるのです。私は思いあまってプロデューサーに「いっそ一人削って二人にしませんか?」と提案しましたが「原作者がいじるなって言ってるから」でダメ。

その原作者はどうにもならない駄作を棚に上げ「日本の自然の美しさ、伝統文化の素晴らしさ、人情の美しさを訴えたい」と、唖然とするようなことをあとがきで書いていましたっけ。

とにかく、必死に工夫を凝らして、つまらない話を面白くすべく奮闘していると、局のプロデューサー（以下P）が次々書き直されてくるプロットに不審を抱き、原作を読んだのです。普通局Pは忙しいので原作は読みません。プロットだけで判断するのです。で、原作を読んだ局Pはそのあまりのつまらなさに愕然としましたが、とにかく企画を通さなくては困ります。そこで制作プロダクションのPに厳命しました。

「どんな手を使ってもかまわないから、使い物になるような話を作れ！」

すると局Pからお墨付きをもらったPは態度を豹変させ、私に命じました。「大体、この専業主婦っていうのが地味なんだよ。この女をフラメンコ・ダンサーにしろ！」

喉元まで出かかった抗議を無理矢理飲み込んだ私でしたが、もう一度あのPに会ったら、思いっきり言ってやりたいです。

何のために私がこんなに苦労したと思ってんだよ……！

父の死、母の老い。初めて感じる人生の不安

派遣の仕事とプロット書きを続けていた二〇〇〇年の六月三十日、父は亡くなりました。所謂《いわゆる》突然死で、苦しみ初めてから五分ほどで呼吸が止まってしまいました。八十五歳でした。

その十五年以上前、祖父が亡くなってから、残っていた三人の職人さんも一人が亡くなり、一人が退職して一人になりました。父は一九八八年に工場のあった敷地を売り、私たち一家は松江から同じ江戸川区内の建て売り住宅に引っ越しました。父はその家のガレージを改装して仕事場にし、一人で細々と理髪鋏の製造を続けていました。祖父も父も、どちらも死ぬまで現役の鋏職人でした。

父は私に関しては「われ関せず」を通しましたが、四十三回ものお見合いの費用を黙って出してくれました。「これだけ注ぎ込んだんだから、一回くらい結婚しろ」と言ったことは一度もありません。また、「いい加減に夢みたいなこと言ってないで、ちゃんと就職

しろ」とか「どうせ脚本なんか無理だ」とか、私の行動にブレーキをかけるような発言は一度としてしませんでした。私の生き方を応援してくれていたわけではなく、つまらないことを言って母と喧嘩になるのが煩わしかったのでしょう。それでも、私は何も言わずにいてくれた父に感謝しています。

父が亡くなった時、母は七十三歳でした。それまでは年より若々しくて元気だったのが、この日を境に階段から転がり落ちるように、急激に老い衰えて行ったのです。母が私の知る母であったのは、父の死まででした。残酷な言い方ですが、父が亡くなった時、母の人生も半ば失われたのだと思います。

母は、数々の浮気沙汰や、母よりも姑や小姑の肩を持ったことなど、父の過去の仕打ちを恨んでいて、子供の頃から私に愚痴ばかり言っていました。だから深い愛情があったわけではないはずなのに、いったいどうしたことかと不思議でした。後に聞いた話では、配偶者を失ったダメージは愛情の深さではなく、共に暮らした時間の長さに比例するのだそうです。父と母は四十五年間夫婦として共に暮らしていたので、母のダメージも深刻だったのかも知れません。

父が亡くなった時四十二歳だった私は、それからの三年間、途方に暮れて過ごしました。それまで私を守ってくれたこの上なく頼りになる母が、美人で頭脳明晰、機知に富んでいた母が、まったくの別人になって行くのを、ただ為す術もなく茫然とするしかなかったのです。……もう誰も頼れない。もう誰も守ってくれない。その事実に打ちのめされそうでした。

人には年齢に応じた苦労というものがあります。その当時の私と同年齢の女性なら、多くは仕事、結婚、出産、子育て、嫁姑の関係、介護などの苦労を経験していたでしょう。でも、私には仕事以外の苦労の経験がありませんでした。住む家に困ることがなかったので、独立して所帯を構える必要もない。はっきり言って、四十を過ぎてマザコンでニートだったのです。

私は生まれて初めて、これからの自分の人生に不安を感じました。一人で渡って行かなくてはならない世間に怯えていました。

父が亡くなってから二年後の二〇〇二年九月、派遣の切れ目で次の仕事を探していた時のことです。何気なく目にした新聞の求人欄に「丸の内新聞事業協同組合　社員食堂　調理補助パート募集」を見つけました。勤務時間は午前六時から十一時までの五時間。時給千五百円。交通費全額支給。土・日・祝休み。有給休暇・賞与あり。

「スナックのネエちゃんより良いじゃん！」と思いましたね。これなら一日五時間働けば生活費が稼げるし、午前中に終わる仕事なら午後から始まる制作プロダクションの企画会議には全部出席出来ます。こんな美味しい話があるでしょうか。

もしかして、これほど条件の良い仕事だから調理師免許を持っていないとダメかも知れないと心配でしたが、ダメ元で電話してみました。

「いいえ、普通の家庭料理ですから、特に資格は必要ありません」

やれやれと胸をなで下ろし、翌日面接に伺いました。調理学校へ通ったことはありませんが、家族の夕食は私が作っていましたし、子供の頃から食べるのが大好きで、台所をウロチョロして母の手伝いをしていたので、料理は得意でした。だから宝石店の仕事から食堂の仕事に変わることに、まったく抵抗はありませんでした。

それに、私としては仕事はあくまでも「脚本家」になるまでの腰掛けのつもりだったので、宝石屋のネエちゃんだろうが、食堂のおばちゃんだろうが、どうでも良かったのです。

場所は有楽町と新橋の中間の高架下で、通路を挟んで食堂と事務所があり、食堂の上には東海道新幹線が、事務所の上には山手線と京浜東北線が走っていました。だから面白いことに、食堂はJR東海、事務所はJR東日本の管理下でした。

面接して下さった労務のSさんの話はほぼ求人内容の通りで、一つだけ違っていたのは「新聞には年に十回〝休刊日〟があって、朝刊がお休みします。その時は朝食はありませんので、早番のパートさんもお休みになります」でした。そして、運良く私は採用になりました。

丸の内新聞事業協同組合、略してマルシンは、簡単に言えば巨大な新聞販売店です。付近は官公庁や大企業がひしめいているので、新聞は各種取る場合が多い。それなら読売だ、朝日だと言っていないで、みんなまとめて配ろう……と、初代の理事長さんが組織を作ったのです。その結果、業界紙を含めて六十種類くらいの新聞を扱うことになりました。

社員食堂は朝・昼・晩と、三食を提供していました。朝と晩は新聞配達をする従業員、昼は事務所の職員と「丸の内メッセンジャー」という兄弟会社の従業員がお客さんです。

そして、基本的に一月二日以外は休みません。休刊日も昼食と夕食は提供しますし、年末年始も朝食は提供します。特に一月一日は一年で一番重い新聞を配達する日なので、新年会を開いて御馳走を振るまい、従業員を慰労します。

食数は、私が採用された当時は一日百二十食ほどでしたが、最盛期は一日二百食以上提供していたそうです。都庁の移転、東芝やＮＴＴの本社の移転などが続いて、新聞配達量も激減し、従業員数も減って組合の規模も縮小してしまったのでした。

それだけではなく、昔は店舗が並んで賑わっていた通路もシャッター街に近づいていきました。私が勤めていた十二年の間にも、残っていた数少ない店が次々と閉店してしまいました。ところが、その殺風景さがかえって被写体として味があるらしく、雑誌のグラビア撮影やテレビの取材に何度も遭遇したものです。

食堂は男性の主任、女性社員のＳさんとＭさん、遅番パートのＪさん、そして私の五人がメンバーでした。社員三人は土・日・祝日も交代で勤務し、主任は買い出しの関係で早番専門でしたが、ＳさんとＭさんは遅番と早番の両方をこなしていたので、かなりハードです。それでも三人とも勤続十数年のベテランなので、それが身についているようで、苦にしていませんでした。

食堂の仕事は家事に近いかもしれません。料理だけでなく、掃除・洗濯・整頓が必須です。特に新入りの主な仕事は掃除と洗い物です。

最初の頃は仕込みをする時間より洗い物をする時間の方が長かったくらいです。高架下という場所柄、店が長屋のようにつながっているので、いくら清潔を心がけても、隣の店舗から侵入するゴキブリは防げません。食堂はまさにゴキブリ天国で、目の前の棚で交尾をするゴキブリを見たこともありますし、クレンザーの箱を振ったら真っ白いゴキブリが出て来たこともあります。朝、出勤して一番始めにすることは、使うべき食器と什器類を洗ってゴキブリの糞を落とすことでした。一度洗っても油断出来ません。ちょっと目を離した隙に、皿の上をゴキブリが這っていることもあるのです。だから、とにかく洗い物が大変で、一日に何度同じ食器や什器を洗ったか分かりません。

それが数年後、ゴキブリ駆除器を導入したことによって一気に解決してしまったのだから、科学の力は偉大です。食堂の場合は厨房とホールに二台設置し、人のいない午後七時から午前三時まで、薬品を噴霧しました。毎日一定時間薬品を噴霧することにより、卵から孵《かえ》ったゴキブリに至るまで死滅させることが出来るのです。しかも弱い薬品で人体に影響はないので、翌朝全部の食器を洗う必要もありません。

この器械のお陰で食堂の仕事がどれほど楽になったことか。一度洗った皿を何度も洗い直す必要も無くなり、毎月のバルサンからも解放されました。バルサンを焚く前後の大騒動は、書くまでもないでしょう。

所謂《いわゆる》肉体労働をしたのは生まれて初めてです。だから腰痛や筋肉痛にならないように、ストレッチをしたりお風呂でマッサージをしたりと、身体のケアには気を使いました。

食堂で働き始めた翌日、労務のSさんに呼ばれて雇用契約の説明をされました。その時「うちの会社は六十歳定年です。パートの人も六十歳ですから」と言われたのが忘れられません。六十歳まで働ける。もう仕事を探さなくて良い。落ち着いて、腰を据えて書いて行ける。そう思うとありがたくて涙が出そうでした。

私は絶対にこの仕事を失いたくないと思いました。何の取り柄もない中年女にこれだけの時給と待遇を保証してくれる仕事は、この先絶対にありません。だから主任と先輩たちに嫌われないように努力しました。相手は全員勤続年数の長いベテラン揃いなので、彼らから見て至らない点が多いのは致し方ありません。しかし、彼らの中にも「ここまでは許せる」という最低ラインがあるはずなので、そこよりは上に行くようにしようと決意しました。

率先して洗い物やゴミ出しや掃除をするのは当然です。その他に気を付けたのは、一つは物の置き場所を覚えることです。「レードル！」と言われて何処にあるか探しているようでは失格です。一度に全部は無理でも、一日五個の置き場所を覚えれば、十日後には五十の置き場所が頭に入っています。もう一つは自分の仕事の作業手順を覚えることでした。朝は、一週間はベテランMさんがサポートしてくれましたが、翌週からは主任と二人体制になると言われていました。しかも主任は途中で三十分ほど買い出しで食堂を離れるので、その間は一人で仕事をこなさなくてはなりません。だから、一週間で完全に手順を覚えないと、仕事が滞ってしまうのです。通勤の行き帰り、毎日手帳に繰り返し手順を書きました。書くと頭に入りやすく、忘れにくいからです。

私はベテランMさんと気が合いました。Mさんはよく盛んだった頃のマルシンの話をしてくれました。独身の若い男の集まりなので、野球部だの写真部だの釣りクラブだの、趣味の集まりを作って会社が補助金を出していた。マラソン大会をやった。特に何もなくても月に一度はバーベキューパーティーを開いて慰労した。そして、役員さんたちがお金を出して、社員は全員、順番に海外旅行に行かせてくれた……等々。

「私はスイスへ行ったのよ。チーズが美味しかったわ」

その代わり食数も多かったので忙しさもハンパではなく、みんなトイレへ行く暇もなくて、膀胱炎になってしまったそうです。

「Mさんは昔と今と、どっちが良い？」

「そうねえ。昔は体力があったからあれが楽しかったけど、今みたいにあっちこっちガタが来ると、こうやってのんびり働ける方が良いね」

一方、母の心身の状態は悪化の一途をたどっていきました。物忘れがひどいのは仕方ないとして、妙な思い込みでこちらを振り回すのには閉口させられました。

例えば、父が買ってくれた珊瑚の指輪が見つからないと、しまった場所を忘れただけなのに「パパが何処かの女にくれてやったに違いない」と言って、夜中に私の部屋に入って泣いたりするのです。こちらは午前三時半に起きて仕事に行くのに、途中で睡眠を邪魔されたら堪りません。

さらに、家事能力がまったくなくなりました。同時に括約筋の力が弱くなって、ときどき漏らすようにもなりました。疲れ切って帰宅すると、きちんと片付けておいた台所が台風の襲った後のようになっていて、しかもトイレはぐちゃぐちゃ……。働きながら家事をする際に、夕食の支度から始めるのと、台所とトイレの掃除から始めてやっと夕飯の支度に取りかかるのとでは、時間はもちろん、精神的な負担が大きく違ってきます。

「食べたあとの食器は洗わなくても良いから、とりあえず流しに運んで水を張っといてよ。そのくらい出来るでしょう？」

何度言っても、口では「うん」と返事するのに、翌日実行されたためしはありませんでした。おまけに当時私はハンドクリームが合わずに「ちょっと濡らすと手がふやける」奇妙な症状に悩まされてもいました。それについても「食堂は仕事だから洗い物をしないわけにはいかないし、手袋して作業できる環境でもない。だから家ではなるべく洗い物をしたくない」と説明したのですが、まるで理解してくれないのです。あの時は正直、私に恨みでもあるのかと思いました。

その頃は百円ショップで買ったタオルをおしめ代わりに使っていたのですが、あれも今にして思えばよくありませんでした。ウンチの付いたタオルはそのまま洗濯機に入れるわけにはいきません。一度便器で洗い、さらに洗面所で水洗いした上で洗濯機に放り込むのですが、それを一日十枚以上やるのです。

便器に手を突っ込んで十枚目のタオルを洗いながら「もう、いい加減に死んでよ！　私はママと心中なんかしてられないのよ！」と叫びたくなりました。でも、そのすぐ後には、もし母がいなくなったら、この世の中の誰が私を心から愛してくれるんだろう……という思いが胸に湧き上がります。頭も身体も壊れてしまったこの人だけが、たった一人の私の最愛の人なのだ。そう思うと、悲しいような寂しいような気持ちでしたが、現状を受け入れることができました。

その後、人に勧められて母は介護認定を受けました。その時に、江戸川区では紙おむつを無料で支給してくれることを知って、サービスを利用しました。今は有料（でも安い）に変わりましたが、それでもおしめの洗濯から解放されて、毎日が非常に楽になったものです。

小説家には年齢制限がない。小説で勝負！

食堂の仕事に慣れるにつれて、私はこの仕事がとても好きになりました。忙しかったし、重労働なので大変ではありましたが、自分に向いているのを感じました。嘘がないからです。

食堂ではいくら口でうまいことを言っても、身体を動かして働かなければ仕事は滞ります。不味い物を食べさせたら人は不機嫌になります。そして、独身男性が多く、朝と夜を食堂で食べる人も少なくありませんでした。だから、みなさんの健康を守っているという誇りとやり甲斐を感じることも出来ました。

すると必然的に、十五年以上も続けてきた宝石販売の仕事が好きでなかったと気が付きました。私は給料をもらっている以上一生懸命働いたつもりですし、仕事の役に立てようと宝石鑑定士の資格も取りました。でも、食堂で働いている時のように誇りとやり甲斐を感じたことは一度もなかったのです。

私はおしゃれが大好きです。素敵な洋服に素敵なアクセサリーを合わせるのはとても楽しみです。でも、本物の宝石にはまるで魅力を感じないのです。

ココ・シャネルは「アクセサリーは洋服のアクセントである。だからある程度の大きさが必要になる。本物の大きな宝石は高すぎて普通の人は手が届かない。だからイミテーションで十分だ」という考えの下、シャネル・スーツにイミテーションパールのロングネックレスを合わせる、あのスタイルを提案したのです。私は本物のおしゃれというのはこれだと思います。だから、でっかいダイヤの指輪をはめてショボイ服を着ているのはダサイと思うのです。

でも、世の中には「私はこのダイヤがあるから、何を着ても堂々と自信を持って振る舞えるのよ」という考え方もあります。それもまた正しいのです。そして、こういう考え方の人、つまり宝石を愛する人が宝石を売るべきだと思うのです。いつも頭の片隅で「別に高い金払って宝石買わなくても良いのに」と思っていた私が宝石店で働いていたことは、店にもお客様にも宝石にも、不幸なことであったと反省しています。

食堂で働き始めた翌年でしょうか、「火曜サスペンス劇場」の人気シリーズだった「警視庁鑑識班」の脚本を書けるチャンスがめぐってきました。その制作プロダクションは非常に良心的な会社で「山口さんのオリジナル・プロットで企画会議を通ったので、脚本も山口さんにお願いします」と言ってくれたのです。

基本的にはオリジナル・プロットで制作が決定した場合、プロットを書いた人間に脚本を書かせるのが常道です。しかし制作本数が少なくなったり、ベテラン脚本家の仕事が減ったりと、様々な事情があって、私はこれまで脚本を書けるチャンスに恵まれませんでした。一度、古田求《もとむ》さんと共著で「伊豆の踊子殺人事件」(橋爪功主演)の脚本を書かせていただきましたが、その後はまたプロットに逆戻りでした。それ以外に訪れたチャンスも、何故かいつも直前で潰れてしまったので、テロップに脚本家として名前が出ることはありませんでした。だから「警視庁鑑識班」の話が来た時は、嬉しくて飛び上がりそうになりました。

でも、それも事情があって流れてしまいました。もちろんがっかりしましたが、プロダクションはお詫びの印に十万円も払ってくれたので、その件についてはまったく遺恨はありません。

ただ、その時ハッと気が付いたのです。そのプロデューサーと私は同い年でした。そしてよく考えてみれば、ほとんどのプロデューサーは同年代で、中には年下の人さえいたのです。

これはもう、脚本家でデビューするのは無理だろう……。

誰だって新人脚本家でデビューさせるなら、少しでも若くて伸びシロのある人材を使いたいでしょう。三十代で書ける人が大勢いるのに、四十半ばの私が起用される見込みはない、そう思いました。

私はプロットというハードルを次々に越えながら、脚本家というゴールを目指してひたすら一本道を進んでいると思っていました。しかし実際には、回し車の中を走り続けるコマネズミのように、同じ場所で空回りしていたのです。そんな自分の姿がはっきりと見えた瞬間でした。

どうして急に目が開けたかというと、それは食堂で働くうちに安定してきたからだと思います。派遣の仕事もプロットの仕事も、不安定で先の見えない仕事です。派遣は一年契約がほとんどで、二年先、三年先は見えません。ましてプロットは五里霧中です。それが食堂で働くようになって初めて、六十歳定年、有給休暇、ボーナスなどの安定した身分保障を手に入れました。精神的にも落ち着いて、余裕が生まれたのです。そこで一度立ち止まり、ゆっくり周囲を見回すことが出来たのでしょう。

私はその時不意に「恒産なき者は恒心なし」という孟子の言葉を思い出しました。しっかりした仕事と安定した収入のない者は、安定した精神を保つことが出来ない。なるほど、これだったのかと思い知りました。小説、特に長編小説は精神が安定していないと書けるものではありません。人生初の長編大河小説『月下上海』を書き上げることが出来たのも、ひとえに食堂の仕事で生活と精神が安定したからだと思います。まさに「食堂のおばちゃんだから小説が書ける」のです。

教科書に出て来た古めかしい文言が、生きた教訓に変わった瞬間でした。

でも、脚本がダメだからと言って、私は「書くこと」を諦めるつもりは毛頭ありませんでした。確かに脚本には年を取りすぎた。でも小説なら年齢制限がない。小説で勝負しよう。……以前、少女マンガから脚本にシフトした時と同様、今回も何の抵抗もなく、スムースに小説にシフトしました。

これまでの私の歩みを読んで「少女マンガを挫折して脚本家を目指し、脚本を諦めて小説に転向した」と解釈していらっしゃる方もおいででしょう。でも、私の中では違っています。全部つながっているのです。マンガは絵とセリフで作る物語、脚本は台詞とト書きで作る物語、そして小説は文章で作る物語です。「物語を作る」という一本の糸で結ばれているのです。私は「物語を作る」という一本の糸に導かれて、ずっと歩いてきたのだと思っています。そして、これからもその糸を頼りに歩いて行くつもりです。

さて、小説に転向しようと決意した私は、次第にプロットの仕事から離れるようになりました。プロットを続けている限り「もしかして今度こそ脚本を……」という淡い期待に翻弄されるでしょう。それに直しを急《せ》かされて時間が細切れになるので、落ち着いて小説に取り組むことができません。付き合いの浅いプロダクションから徐々に仕事を断って行き、最後はオセロットとの仕事も断りました。それもすべて、食堂の給料で生活費が賄《まかな》えるからこそ可能だったのです。

ちょうどその頃、松竹シナリオ研究所二十四期の同期生でただ一人、プロの脚本家になった大原久澄《くすみ》さんが、出版プロデューサーMさんを紹介してくれました。Mさんは出版社を退職した編集者で、有望な新人を各出版社の編集部に紹介しては、出版された本の印税から手数料を取る……という仕事をしていました。大原さんがMさんに「小説を書いてほしい」と頼まれたのですが、脚本が忙しくて無理なので「この人は書けるから」と私を紹介してくれたのでした。

Mさんは「受賞歴のない無名の新人が本を出そうと思ったら、時代小説の連作短編以外難しい」と言いました。私は即座に「ではそれを書きます!」と答え、頭に浮かんだイメージを伝えました。「美女が呪われた刀を始末しながら旅をする話は如何ですか?」、「なかなか良いね。で、刀は一本が変遷するの? それとも何本かあるの?」、「何本かあった方が書きやすいです」、「じゃ、それで」。

こうして出来上がったのがデビュー作『邪剣始末』(廣済堂文庫→文春文庫)でした。

最初からすべてのストーリーが出来ていたわけではなく、邪剣を始末する美女の凛然としたイメージを頼りに、見切り発車で書き始めた作品です。それでも私はプロットライター時代の経験から「最初の一行が書ければ最後まで書ける」と確信していました。それに、このチャンスを逃したら、もう一生本を出せるチャンスは訪れないかも知れないのです。だから必死でした。

生まれて初めて自分の原稿が本になった時の喜びは、言葉で言い表すことが出来ないほどでした。初めての子供を胸に抱く喜びに近いかも知れません。

第一章で書いた通り、『邪剣始末』は売れませんでした。私は面白い小説だと思っていますし、その後文春文庫で再刊され、シリーズ第二弾『小町殺し』も刊行されたくらいなので、客観的に見ても面白いはずです。

しかし、時代小説文庫は毎月大量に新刊が出版され、有名作家以外は宣伝もしてもらえず、一ヶ月後には棚を追われて多くが消えて行きます。受賞歴のない無名の新人のデビュー作も、そうして消えたのでした。

大原さんにはこの後もいくつか仕事を紹介してもらいました。『イングリ』が電子書籍になったのも、大原さんが紹介してくれた電子出版社との仕事がご縁でした。考えてみればもう四半世紀もの長い付き合いです。そして、松竹シナ研二十四期生で今も書き続けているのは、私と大原さんの二人だけになりました。

呆れた食堂パワハラ事件

『邪剣始末』出版の二年ほど前に、食堂で騒動が起きました。働き始めて三年ほど経った頃です。

その頃には母の老化現象も一段落していました。最初の三年で一気に落ちるところまで落ちた感じです。それ以降はゆるやかに衰えて、こちらの心構えも出来てきたこともあり、もう愁嘆場《しゅうたんば》はありませんでした。

家庭が落ち着いた途端、食堂で騒動が持ち上がったわけです。

その頃食堂はベテランMさんが定年退職し、遅番パートだったJさんが事故で退職して、社員採用のTさんと遅番パートのIさんが勤めていました。最初の騒動は女性社員のSさんとIさんの大喧嘩で幕を開けました。

Sさんは正直で働き者、ある意味親切な人でしたが、激烈な性格で、自分自身で感情を制御出来ないところがありました。中学を卒業して美容院に住み込みで就職したところ「給料の三倍働いてもらいます」と、しごかれたのだそうです。そういうしごきに耐え抜いてきた人は、自分が上に立つと下に同じことを要求しがちです。ベテランMさんが在籍中は抑えられていた性向が、重しが取れて吹き出した感じでした。

結局、すったもんだの末にIさんは辞めました。その時主任は「喧嘩は両成敗が基本だが、Sさんは勤続十七年、Iさんは一年なので致し方ない。ただ、今後こういうことがあったら、その時はSさんにも辞めてもらいます」とはっきり言い渡しました。

そしてIさんが退職してから半年ほどすると、今度はSさんの怒りの矛先が私に向かってきたのでした。

私はそういう経験が初めてではありませんでした。宝石店で働いている頃も、店長に執拗なパワハラを受けて辞めたことがあります。店長は誰かを標的にしていじめていないと精神のバランスが取れないという人で、店員は順番に標的になりました。耐えきれずに辞めた人もいれば、耐えているうちに標的が変わって命拾いした人もいました。私の番が来た時はいよいよ来るべきものが来たという気がしました。詳細は省きますが、私はその店を辞めました。理由は一つ、店長に人事権があったからです。人事権のある人間がパワハラに走ったら、もう止められません。当時はユニオンもありませんでしたし、堪え忍ぶのは不毛だと思いました。

Sさんは正社員ではありましたが、人事権はありませんでした。だから私は様子を見ることにしました。

Sさんのいじめは宝石店の店長に比べると単純で幼稚でした。一人で箱一杯の里芋の皮を剥かせるとか、まだ熱いガス台の上に乗らせて換気扇の掃除をさせるとか、その類です。私の両手は肘から下がかぶれて真っ赤になり、足の裏は低温火傷で皮が剥けました。私はその時、楽しくて笑いそうでした。

「ほんと、バカじゃないの？　こんなことして、私が医者へ駆け込んで診断書を取って労働基準監督署に訴えたら、どうなると思うの？　いじめをやるなら物的証拠を残さないようにしないと。私に訊《き》けばもっと良い手を教えてあげるのに」

私がいつも涼しい顔をしていたので、Sさんのいじめはますますエスカレートして行きました。しかし軽蔑が私の心を守ってくれて、何をされても少しも傷つきませんでした。Sさんは私をいじめているつもりだったでしょうが、私から見るとSさんは自分で自分の首を絞めていたのです。

最初に異変に気付いたのは主任でした。放っておいてもし事故でも起こったら、食堂の責任者としての管理責任を問われます。

「Sさんは山口さんを辞めさせせろと言っている。彼女はああいう性格だから気を付けた方が良い」

私はその瞬間を待っていました。

「主任こそ気を付けた方が良いですよ。実はSさんは……」

食堂の勤続年数では、Sさんの方が主任より先輩でした。ただ主任は調理学校を出て調理師の資格を持っていたので、最初から主任見習いとして入社し、前任者の退職後は順当に主任に昇格したのです。Sさんはかねてよりそれが面白くなくて、主任のいないところでは批判を繰り返していました。Sさんにとって主任と呼べるのは前任者だけであって、今の主任は「後から入ってきた仕事の出来ない怠け者の若造」に過ぎなかったのです。食堂に入った直後から、Sさんは私にも主任の悪口を言い続けてきました。その後Sさんも調理師免許を取得したそうなので、本当は自分が食堂主任になりたかったのかも知れません。

以上のようなことを主任に告げると、見る見る顔色が変わって行きました。そしてその日以降、私はそっちのけで、Sさんと主任の壮絶なバトルが始まったのでした。

結局Sさんは定年までわずか二年半を残して食堂を退職しました。人事権のある者と喧嘩をしたら、勝負は最初から見えています。負ける喧嘩はしてはいけません。

Sさんの退職と同時に正社員採用のTさんも退職しました。彼女は私とは何ら確執がないにもかかわらず、Sさんの尻馬に乗って陰湿ないじめを繰り返していた人でした。主任はこのTさんに対する不信感が強く「Tさんは大変な仕事やきつい仕事は全部山口さんにやらせて、楽な仕事ばかりしている。正社員はパートより高い給料をもらっているのに、それでは話が逆だ。Tさんには正社員の資格がない」と公言したほどです。Sさんが辞めたら食堂に自分の居場所はないと覚悟したのでしょう。

正社員二名が年末に退職した後、新年から食堂のシステムも新しくなりました。土曜日の昼食を廃止して、土・日・祝日は朝食のみの提供になり、土・日専門のパートを募集しました。そして基本的に私が土曜、主任が日曜日に出勤して、パートの人と二人で朝食を提供します。正社員は早番と遅番を交互に務めましたが、それぞれ専門のパートを雇い、食堂は六人体制で再出発したのです。

そうすると食堂の正社員は主任一人で、後は全員パートになります。会社からは「山口さん、正社員にならない?」と勧めていただいたのですが、正社員になると拘束時間も長くなり、責任も重くなるので、その時はお断りしました。しかし翌年も勧めていただき「基本的に早番専門でかまわないから」という条件だったので、正社員採用していただくことに決めました。正社員という身分を得たのは、最初の会社が倒産して以来、二十年ぶりでした。

小説が書けない！　まさかの更年期鬱

こうして家庭も落ち着き、会社も落ち着き、さてめでたし。これでやっと落ち着いて小説と取り組める……はずだったのに、またまたとんでもないことが起きました。

私は、小説が書けなくなってしまったのです。こんなことは生まれて初めてでした。いつもアイデアは泉のように、あるいは鳥のフンが頭の上にボトンと落っこちてくるように湧いてきて、書き始めれば登場人物が生き生きと動き出し、勝手にお芝居を始めてくれて、思いもよらぬ方向へ連れて行ってくれたのに、それが全部消えてしまったのです。

出版プロデューサーMさんに『邪剣始末』は売れなかったから、今度こそ頑張ろう」と言われたばかりでした。新人はデビューして名前を覚えてもらっているうち、およそ一年以内に新作を書かないと、次のチャンスはありません。私は焦りましたが、どうにもならないのです。それでもとにかく無理矢理絞り出したアイデアを核にして書き始めたのですが、核は小さいまま、一向に膨らんでくれません。連鎖反応で別のアイデアを引き出してくれることもありません。話は当初考えたストーリーの通りに進行し、一度もこちらの思惑を超える動きをしないまま、予定通りのラストで終わってしまいました。自分で書きながら「これはつまらないなあ」と思いました。

Mさんに原稿を送ると案の定「ストーリーはこれで良いけど、キャラクターがストーリーの背景に沈んでしまって、全然立っていない。これでは使い物にならない」と言われました。私もまったく同感でした。

鶏が先か卵が先かではありませんが、その頃、私はもの凄く気分が落ち込んでいました。気持ちが沈んでいたから書けなかったのか、書けないから気が重かったのか、今となっては思い出せませんが、とにかく毎日最悪の精神状態に悩まされていました。

特に朝がひどいのです。朝起きると「どうして目がさめちゃったんだろう。目なんかさめなければ良かったのに」と思いました。ただ、働かなくては生活出来ないので、仕方なくベッドから置きだして、出勤の支度を始めます。会社に着いて食堂に入れば、当時の女性スタッフとは全員気が合って仲の良い職場だったこともあり、おしゃべりをしながら身体を動かして働いていると、段々気分は上向いてきました。しかし午後、仕事を終えて家に帰る頃からまた気分が下降線を下って行き、夕飯の片付けを終えて寝る頃には最悪に近づいて行きました。毎晩ベッドに入る前には「どうかもう、朝になっても二度と目がさめませんように」と願いました。

その状態は五十歳になる手前から五十二歳になる手前まで、ほぼ二年間続きました。

今にして思えば、それが更年期鬱の症状だったのでしょう。ところが私はうかつにも、自分が鬱だとは気が付きませんでした。更年期に鬱症状が出ることを知らなかったのが一つ、のぼせとかホットフラッシュとか、更年期特有と言われる症状が出なかったことが一つ、さらに私のような楽天的な人間が鬱になるはずがないという思い込みも手伝って、それが更年期障害の一種であるとはまったく思っていなかったのです。

私は自分は不幸なんだと思っていました。不幸だから気持ちが沈み、不幸だから小説が書けない、だからますます不幸になるのだと、そう思っていたのです。

幸いにも私は症状が軽かったようで、二年で鬱状態から脱することが出来ました。でも、もしあの時更年期鬱だと分かっていたら、きちんと医者に診てもらったでしょう。薬であの気分が改善されるなら、どれほど楽になったか知れません。

あの時期に発症した原因ですが、年齢の他に過労があったと思います。私が五十歳の時、高齢の母の将来を考えて、長兄が自宅のリフォームに乗り出しました。骨組みを残して全面改装するテレビ番組「大改造!!劇的ビフォーアフター」のような大工事です。そのため、一度部屋を借りて引っ越して、リフォームが完成してからもう一度引っ越してと、四ヶ月の間に二回引っ越しをやりました。荷造りは引っ越し屋さんがやってくれましたが、荷解きとその後の家の整理は全部私一人でやったので、食堂の仕事と母の世話とも重なり、負担が大きすぎたのでしょう。

五十代は四十代より体力が衰えています。私は自分の体力を過信して、無理をし過ぎたのかも知れません。過労は鬱の引き金になりやすいので、その点もみなさんに気を付けていただきたいと思います。

今になって分かることですが、私は自分で気が付いていなかっただけで、他にも更年期障害の症状を体験していたようです。四十六歳の時、原因不明の目眩《めまい》の発作に襲われ、それから何度も目眩とその後遺症である耳鳴りに悩まされた時期があったのです。

順天堂病院の目眩専門外来を受診したところ「メニエル病ではないがそれに似た症状」

という診断でした。内耳に蝸牛《かぎゅう》という器官があり、そこの水分量が増えると目眩が生じるのですが、水分量が増える原因は不明で、正常に戻す方法も分かりません。利尿剤を処方されるのですが、尿の量を増やしたところで蝸牛の水分量が減る保証はないのです。

経験した方はご存知でしょうが、ひどい目眩というのは嵐の太平洋に小舟で放り出されたような状態です。横になって目をつぶっても身体は大きく揺れていて、もう身動き一つ出来ません。吐き気がセットでやって来ます。あの頃、床に倒れて芋虫のように丸まって呻《うめ》いている私の横で、母に「ねえ、夕ご飯まだ?」と言われた時の絶望的な気持ちは、今思い出しても辛いです。

あちこち病院に行きましたが、何処も順天堂と同じ薬をくれるだけで症状は一向に改善しませんでした。

最後は兄の経営している整骨院へ週のうち六日通うことにしました。治療の先生は「身体中凝り固まっていて、血も気も滞っているのが目眩の原因です」という見立てでした。治療を続けて三ヶ月もすると、ひどかった耳鳴りも治まり、普通に人の声が聞こえるようになりました。その後は週に一回程度しか通院していませんが、大きな目眩の発作は起きていません。おそらく整体の治療を続けるうちに、ホルモンその他身体のバランスが整ってきて、蝸牛の水分量も正常に戻ったのではないかと思います。

ただ、その時の後遺症で左の耳に軽い耳鳴りが残っています。だから電話を取る時、人の話を聞く時、右の耳を向けるのが癖になりました。

このようなわけで、更年期に当てはまる年齢の方は、心身に不穏な症状が現れたらまず更年期障害を疑って、専門の病院を受診していただきたいと思います。

さて、更年期鬱に苦しんでいた時期、一つ明るい出来事がありました。時代小説家、喜《き》安幸夫《やすゆきお》先生のご紹介で「新鷹会《しんようかい》」という小説の勉強会に参加出来ることになったのです。「瞼の母」「一本刀土俵入り」「沓掛時次郎《くつかけときじろう》」など、数々の時代劇の名作を著した長谷川伸が昭和十五年に主宰した勉強会で、かつてのメンバーは山手喜一郎、山岡宗八、村上元三、池波正太郎と錚々たる顔ぶれです。現在は長谷川伸の最後の弟子だった平岩弓枝先生が理事長で、ご実家である代々木八幡宮の社務所を会場に提供して下さっています。

私はそこで初めて「小説の師」と呼べる方に出会いました。辻真先《つじまさき》先生です。元々はN

HKのディレクターで「バス通り裏」の演出も手がけられましたが、後に独立して脚本家となってからは「鉄腕アトム」「エイトマン」「サイボーグ009」から「サザエさん」「未来少年コナン」まで、数々の名作アニメを誕生させました。そして小説の世界にも活躍の場を広げられると、『アリスの国の殺人』で日本推理作家協会賞を受賞され、その後も「迷犬ルパンシリーズ」やトラベルミステリーシリーズなどを発表されてきました。昭和七（一九三二）年生まれ。八十歳を過ぎてなお、バリバリの現役作家でいらっしゃいます。

新鷹会の合評会は、あらかじめ作品のプリントを配って読んでおいてから臨むのではなく、先着順で作者が作品を朗読し、それを会員たちが批評する独特の形式です。一度聞いただけで作品内容を把握し、それを批評しなくてはならないのですから、集中力が必要です。

辻先生の作品評は、それはそれは素晴らしいものでした。ミステリー・時代物・SF・恋愛・ナンセンス・芸道物、どんなジャンルの作品であっても、その作品の長所と短所を的確に指摘し、〝どういう梯子をかければもう一段上に行けるか〟を具体的に呈示なさるのです。これはなかなか出来ることではありません。

私は会員のみなさんの作品を聞き、辻先生の素晴らしい批評を聞きながら、もう一度小説が書きたい、辻先生に聞いていただきたい、そしてアドバイスが欲しい……と、切実に願いました。

新作は書けないので、以前書いた『恋形見』のプロットを持参して朗読した時のことです。小説ではなくただの筋書き、しかも原稿用紙八十枚を超える長さだったので、朗読出来たのは最初の三分の一だけでした。それでも辻先生は「山口さん、スタイルを決めてから書き始めなさいよ。道中歩いていくのか、駕籠に乗るのか、それとも馬に乗って走っていくのか」と仰って下さいました。私がお見せ出来たのは骨のごく一部だったにもかかわらず、先生はそれに血肉をかぶせ、完成形を想像した上で貴重な助言をして下さったのです。

その後、ある作品を読んでいただいた後、先生からお手紙をいただきました。これは私の宝物です。

「あなたの作品はまことに読みやすく達意の文章です。キャラクターにもそれぞれ味があります。しかし金を取って書いている作家である以上、そんなことは当たり前です。あなたの作品はストーリー、キャラクター、トリック、落としどころ、どれを取っても『いつか何処かで見たような』デジャヴ感がつきまといます。あなたは脚本の勉強もされたから抽出《ひきだし》も多いけれど、その分先人の手垢がびっしりこびりついているのです。それを一度全部洗い落として下さい。しかし、人間そう簡単に一度付いた垢を落とせるものじゃありません。ストーリーを逆転させる、斜めから見る、上から俯瞰《ふかん》する……こういう手法を取ることによって、デジャヴ感はかなり払拭されると思います。そして、出来れば付いた手垢も全部栄養にしてやるくらいの意気込みで、小説に取り組んで下さい」

私は自分の小説の欠点を、これほど明確に指摘されたことはありませんでした。何だか嬉しくて涙が出そうでした。

作品にうまく活かされているかどうか自信はありませんが、小説を書く時はいつも先生のアドバイスを肝に銘じて取り組んでいます。

今年、やっと小説の形になった『恋形見』を辻先生にお贈りすることが出来ました。先生からは「時代人情物があまり得意でない僕も、一気に引き込まれました」とメールが届いて、私は快哉を叫びました。

更年期鬱も快方に向かい、何とかまた小説が書けるようになった頃、私は新鷹会で知り合った小説家の響由布子《ひびきゆうこ》さんに誘われて、小説家志望の武重謙さんと三人で、短編小説を作る勉強会に参加しました。響さんはその短編の中から良い作品を選んで一冊にまとめ、自費出版して各出版社の編集者に売り込もうというのです。

「編集者は忙しくて長い話は読んでくれないから、原稿用紙二十枚以内で書くこと」

毎月一つのテーマを決めて三者三様に作品を書きました。「雨の公園」「山手線」「神社」と言うワンテーマも、「安全ピン・盆栽・灰皿」「夕方・朝顔・泥棒」「トラック・ランドセル・大道芸」と言う三題噺もありました。これは非常に勉強になりました。特に三題噺は得意です。元々プロットライターをやっていたので、何か条件を出されてそれに添って話を考えるのは得意なのです。

松本清張賞受賞後、「夕方・朝顔・泥棒」は『夕顔』という官能小説になり、「トラック・ランドセル・大道芸」は『幻の蝶』という恋愛小説になって、それぞれ『オール讀物』に掲載されました。

三人で集まって、勉強会の後の呑み会をやっていた時、頭に上に鳥のフンのようにボトンと落ちてきたのが『月下上海』のアイデアでした。

元々は新聞のテレビ欄の『上海の伯爵夫人』という映画のタイトルを見て、昔の上海で優雅な貴婦人と冷酷そうな男が口論している場面が思い浮かんで来たのが始まりでした。それからも二人の様々な場面が思い浮かんでくるので「あの貴婦人は誰？　あの二人はどんな関係なの？」と気になっていました。そして呑み会の席上、いきなり昔考えた小説のプロットを思い出したのです。戦前の東京で芸術家同士の夫婦が不幸な結末を迎える話でしたが、どういう形で小説にして良いか分からず、長いこと寝かせて置いたのでした。それがいきなり閃きました。

「そうだ！　あのヒロインがあの貴婦人の若い頃なんだ。だからあの貴婦人は戦える人で、強い女なんだ」

そして、あのプロットを貴婦人の過去の物語に構成すれば、これは長編が出来ると思いました。その瞬間、ストーリーの八割方は一気に完成してしまいました。二〇一一年の晩秋のことでした。

ただ、私は戦前のことも、ましてや上海や租界のことも知りません。ストーリーには穴ボコがいくつも開いています。その穴を埋めていくために沢山の資料を調べ、プロットが完成したのは三ヶ月後、二〇一二年の二月です。

しかし、かつてのプロットライター時代の経験から、あわてて書くと失敗すると思いました。だからすぐには書き始めず、その時代の上海を舞台にした小説などを読みながら、発酵してくるのを待ちました。

そしてゴールデンウィークの終わった後から書き始めて、七月の初めに書き上げました。書き終えた時はもう、脱力感と達成感が入り交じって、しばし茫然としていました。

実は『月下上海』は初めから松本清張賞を狙っていたわけではありません。当初の目標は日本ラブストーリー大賞（宝島社）でした。「エンターテインメント性のあるラブストーリーならジャンルを問いません」。この広告を見て、この賞しかないと思って応募したのです。結構自信満々でした。ところが、九月に発表された一次選考通過作品二十作に『月下上海』の名はありませんした。何と、一次選考で落っことされていたのです！

私はこの作品に懸けていたので、もう目の前が真っ暗になって、頭の中が真っ白になりました。いったい何がいけないの？　最終選考で落とされるならまだしも、一次落ちなんて……。

宝島社では一次選考通過作品のあらすじをネットで公開しています。目を皿のようにして、食い入るように読みました。そして「これは仕方ない。主旨が違うんだ」と悟りました。そこに出て来た作品はすべて「半径五十メートル以内の恋愛」を描いていました。上海まで行ったら反則だったのです。

すっぱりと気持ちを切り換えて、他に応募出来る賞を探しました。枚数制限が五百枚までOKで、賞金五百万円くれる賞は松本清張賞しかありませんでした。これしかない！しかも上限六百枚なので、十分に書き足しと修正が出来ました。菊池寛と文藝春秋社が実名で登場するので、あざといと思われて落とされたら困るなあ……と思いながらも、最後の祈りを込めて十一月の初めに投稿しました。

後になって担当Aさんに「実名は問題になりませんでしたか?」と尋ねたら「それは『菊池寛って、実際にああいうおっさんだったから、良いんじゃない』で通りました」というお答えで、やれやれでした。

気力と体力を振り絞った食堂改革

さて、二〇一二年はマルシンの社員食堂にとって、そして私にとって、最大の試練が訪れた年でした。主任が七月に病気で食堂を去り、私が新たな主任になって、食堂改革に乗り出したからです。

その前に簡単に経緯をご説明しましょう。

大変お気の毒なことですが、主任は二〇〇九年から二〇一〇年にかけて、わずか五ヶ月の間にお父さまとお母さま、そして奥さまを相次いで亡くされました。詳しい事情は書けませんが、心の状態を肉体に例えるなら、大型トラックに三回轢かれたようなものでした。肉体の傷なら目に見えるので、入院して十分に治療が出来たでしょう。でも、心の傷は見えません。主任は小心で気の弱い人でしたから、ダメージも大きかったはずです。それが本人でさえ心が壊れてしまったことに気付かずにいる間に、症状を悪化させてしまったのでした。

私も食堂のスタッフも心から同情しました。食堂は事務所とは通路を隔てて離れていて、主任が日常接するのは私たちスタッフが主ですから、他の職員以上に主任の不幸に心を痛めていたのです。

ところが困ったことになりました。わずかの間に家族を失ってしまった主任は、そのやりばのない怒りと悲しみを、一番手近にいる私たち食堂スタッフにぶつけるようになったのです。

主任は正社員で勤続二十年の男性です。他の食堂スタッフは私が勤続八年の正社員四年目で、他の女性たちは全員私より勤続年数の少ないパート職員です。主任の権限は絶大で、誰一人逆らえる人はいません。抗議するなら私が労務に相談を持ちかける以外方法はありませんが、その頃はまだSさんの件で公正に判断してもらったことで主任に恩義を感じていましたし、ご不幸に同情もしていましたので、ひたすら耐えるばかりでした。

そして、黙っているのにはもう一つ理由がありました。目の上のたんこぶのMさんとSさんが辞めたせいか、主任の作る食事にマンネリと手抜きが目立つようになってきたのです。ご家族が亡くなった後はさらにエスカレートして行きました。私は主任が休みの日は自費で食材を買い、少しはマシなメニューを心がけましたが、所詮は焼け石に水でした。もしここで労務に訴えたら「こんなひどいメニューを出した上に、そんなトラブルばかり続くなら、いっそ食堂なんか閉鎖してしまえ」となりかねないのではないかと危ぶんだのです。

これは決して取り越し苦労ではありません。何故なら数年後、事業所は現地点から大手町に移転することが決まっていました。その時食堂も大手町に連れていってもらえるか、閉鎖されてしまうかは五分五分だろうと、スタッフの女性たちとも話し合っていたのです。

私は二〇一〇年に調理師免許を取りましたが、それは主任の状態を見て、もしかしたら辞めざるを得ない事態が起こるかも知れないと予想したからです。調理師免許があれば別の食堂で雇ってもらえる可能性があるので、三ヶ月勉強して試験を受けました。二年以上の実務経験があれば、筆記試験に合格すれば調理師の免許が取れるのです。

主任は二〇一一年にはいくらか持ち直したように見えましたが、二〇一二年に入ると一段と症状が悪化しました。そして、まともな会話が成立しないまでになってしまったのです。

代表的な例を挙げると、まず世間話が出来なくなりました。私とスタッフのAさんが「甲子園は春夏二回あるけど、春はあんまり盛り上がらないからなくても良いんじゃないの？」と話していたら、それを聞きとがめて「春の甲子園を楽しみにしている人もいるのに、そんなことを言うな！」と怒りの形相で言うのです。

また、会社では春と秋の二回健康診断を実施していましたが、私は入社月の関係で秋に検診を受けていました。ところが他の食堂スタッフは全員春なので、主任は私も春に変更しろと言います。どうでも良いことなので事務所へ行って話をすると厚生担当の社員Kさんに「別に変更する必要はないでしょう。今まで通り秋で良いですよ」と言われ、それを報告すると主任は怒りに顔を真っ赤にして「K君は腐ってる！　正社員の資格がない！」と怒鳴《どな》り出しました。私も他のスタッフも、ただ唖然として眺めるしかありませんでした。

また、私が何か気に触ることをした場合、本人に怒れば良いのですが、私が休日だったりすると、他のスタッフを前にして怒鳴りまくるのだそうです。自分自身が対象でなくても、目の前で大の男にもの凄い形相で怒鳴りまくられたら、女性の神経は参ってしまいます。

私と仲の良かったAさんはそんなことが続いたために、心療内科に通うようになってしまいました。Aさんは前年にご主人を失ったばかりでした。気丈な方なので職場でメソメソすることはありませんでしたが、態度に出さなくても心労があったはずです。

それなのに主任はこのAさんを毛嫌いして執拗にいびり始めました。主任に間違いを指摘されてAさんが「はい、分かりました」と答えたら、「その言い方は何だ！」と激昂するのです。あまりのことに私は「『はい、分かりました』と言うのはまったく常識的な受け答えで、おかしいところは何もないはずです」と抗議しました。「返事は『はい、すみません』だろう！」。呆れながらもAさんが「はい、すみません」と復唱すると、「その言い方は何だ！」と怒鳴ります。まるでヤクザが因縁をつけるのと同じでした。そして矛先を私に向けて「指導しているのに邪魔するとはどういう了簡だ！」と怒り始めるのでした。

その年、Aさんは六十歳を迎えようとしていました。給食センターで働いていた経験があり、とても仕事の出来る人なので、普通に考えれば定年延長されてしかるべきです。ところが主任は年明け早々に「絶対にAさんの定年延長はしない！」と宣言しました。

私は主任の奥さんが亡くなった直後、色々と便宜を図った経緯があり、ある意味弱味を握っていました。だからAさんには「それを材料に主任に交渉して、定年延長させるから」と言ったのですが、Aさんは「主任が頭を下げて『今まで頑張ってくれたから、もう少し残ってくれ』と言うならともかく、山口さんに交渉してもらって残るなんてまっぴらだわ。私は定年で辞めます。でも、心療内科に通うほどひどい目に遭わされて、泣き寝入りなんかしないわ。労働基準監督署に訴えてやる」と言ったのです。それを聞いて私の心も決まりました。

「分かった。それならとにかく、心療内科で診断書をもらってきて。私は労務に現状を訴える報告書を書いて、診断書を添えて提出するから」

Aさんはその頃、主任が怒鳴り始めると動悸が速くなって息苦しくなってしまい、女子更衣室に避難することが度々ありました。

「あなた、今度から女子更衣室じゃなくて、事務所に避難しなさい。宿直の人や現場の人に『どうしたの?』って聞かれたら、少し大袈裟に主任が怖くて同じ部屋にいられないって訴えるのよ」

食堂の異変については、労務も気が付いていたようです。ある日、帰宅しようとすると事務所の女子社員Yさんに呼び止められました。

「食堂が何だか大変みたいだけど、労務のSさんもすごく気にしてるのよ。お話聞くって言われたんだけど」

「それはどうもありがとう。でも、もうすぐAさんの診断書が出るから、口で言うよりそれを添えて文書で説明します」

一週間後、今度はAさんが労務のSさんに呼ばれて事情を聞かれました。Aさんは私の作った報告書のサンプルを肌身離さず持ち歩いていたので、その時も「これを読んで下さった方が分かり易いと思います」と、Sさんに渡してくれたのでした。

Sさんは過去三十年にわたって精神疾患を患った数人の従業員の面倒を見てきたため、その方面の知識が豊富でした。私の報告書を読んだ途端「これはもうボーダーを超えている。すぐに入院させなくちゃダメだ」と判断したといいます。その報告書を産業医と顧問弁護士の事務所にFAXで流して意見を求めたところ、どちらも即座に「もう完全にボーダーを超えている。入院が必要だ」と返答したそうです。

この時の労務Sさんの迅速且つ的確な対応には、まことに目を見張る思いで、今以て感謝に堪えません。主任がSさんから説諭を受け、休職に同意したのは二〇一二年七月二十日、金曜日でした。

その日主任が書いたメニュー表の不気味さは今でも目に焼き付いています。米・味噌・水に至るまで、メニューの横に使う食材を細かくびっしりと書き込んであるため、紙面が文字で埋まって真っ黒になっていたのです。それも代表的な症例なのだそうです。

さて、それからの三ヶ月間、私は人生で一番頑張ったと思います。これほどまでに気力と体力を振り絞り、全力で現実に立ち向かったことは、生まれて初めてでした。しかも、それは〝いやなことを克服する〟後ろ向きの努力ではなく、〝頑張ってどんどん良くしていこう〟という、前向きの努力でした。私はこの三ヶ月のことを思い出すと、どんなことでも乗り越えられるような気がします。そしてこの三ヶ月の自分を、思い切り褒めてやりたい気分です。

主任が辞めたため、新しい早番パートが決まるまで、夕食は休ませてもらうことになりました。そしてまず第一番に手をつけるべきはメニュー改革でした。何しろ金曜日の昼ご飯と夕ご飯のメニューが「ざる蕎麦と麦飯」だったのです。しかも、同じメニューが二週間のローテーションで繰り返されていました。定食形式の食事の場合、一ヶ月は同じものを出さないのは基本です。それがまったく破綻していたのです。

スタッフで話し合い、改善点を列挙しました。

「バラエティーに富んだメニューに作り替える。野菜をたっぷり使う。季節感を出す。見た目も大切にする」

社員食堂の食事は一食三百円でした。委託で業者が入っている場合、三百円なら実際に食費として使える金額はせいぜい百五十円から二百円ですが、マルシンは福利厚生で経営したので三百円を全額食費に使うことが出来ました。しかも「別にアシが出ても良いからね」というドンブリ勘定、もとい、鷹揚さでした。

「下代で三百円ということは、営業店なら上代七百円くらいになるはず。だから、七百円いただいても恥ずかしくない食事を出しましょう！」

それまで、食堂の食器はカレーやパスタ以外は、三色皿という仕切りのあるプラスチックの皿を使っていました。朝食は食数が多いのでそのまま継続しましたが、昼食と夕食は三色皿を廃止して、陶器の皿を使うことにしました。『邪剣始末』の印税が入った時、私は合羽橋《かっぱばし》できれいなスープ皿を三十枚買ってきたのですが、それ以外に百円ショップで小鉢用の皿を二種類買い足しました。食器も食事の一部です。

丸の内新聞事業協同組合は昭和二十年代に発足した組織です。さすがに当時の従業員はいませんが、勤続年数の長い方が多く、かつての新聞少年たちも四十代と五十代が多くなっていました。トンカツと焼き肉とハンバーグと冷しゃぶとカレーの順列組み合わせに「もう、肉出されりゃ嬉しいって年じゃないんだよ」と漏らす人もいたくらいです。

「なるべく、肉をドン！　って出すだけの料理は控えようね。それと、昼と夜に同じメニューを出すのも止めよう。宿直の人は昼夜食べるんだから。あと、昼と夜、週に一度は魚を出そう。築地に行って美味しい魚買ってくるから」

私があれこれ提案すると、スタッフも意見を出してくれました。

「暑い夏の朝ごはんに冷たい麺類って良くない？　冷やしとろろ蕎麦とか冷やしナスうどんとか。炊き込みご飯とサラダ付けてさ」

「山口さん、私、昼にサンドウィッチやってみたいです」

「カウンターに出す漬物はキムチだけじゃなくて、沢庵と、出来れば週替わりでもう一品、三種類くらい出してあげたらどうでしょう?」

スタッフも食堂で働く人たちなので、料理が好きだし、お客さんに美味しい物を食べさせたいと思っていたのです。みんな主任のメニューには大いに不満で、私たちの意見はピッタリ一致していました。

間もなく新しいスタッフも決まり、二週間後に夕食を再開して、食堂は元通り一日三食を提供出来るようになりました。

取材その他で食堂のことをお話しすると「メニュー作りが大変でしょうね」と言われますが、メニューそのものは今はレシピ本も沢山出ていますし、それほど苦労はしませんでした。実はその二年ほど前に、あまりにも主任のメニューがひどいので、一ヶ月分のメニューを自分で作って提案したことがあるのです。即座に却下されましたが。その時のメニューも残っていましたので、参考資料には事欠きませんでした。

一番大変だったのは食材のチェックです。例えばメニューがトンカツだった場合、ロース肉・パン粉・小麦粉・卵……と必要な食材を書き出して買い出しをするわけですが、付け合わせのキャベツを注文するのを忘れたりするのです。あるいはメインの食材に漏れがなくても、副菜の材料を一つ書き忘れるとか。買い出しに行くと二日分くらいの食材と雑貨をまとめて買いますが、金曜日は月曜日の朝の分まで買わないと間に合いません。一日で朝・昼・晩と三食あるわけです。そのすべての食材を書き出して、しかも八百屋と肉屋に注文する物、銀座のハナマサで買う物、築地場外で買う物を分類しなくてはなりません。何分初めての経験でしたし、もう頭の中がこんがらかっておかしくなりそうでした。

それ以外に帳簿付け、金銭管理、スタッフのスケジュール調整も主任の仕事です。月一回、全員の検便を保健所に届けるのも役目でした。

あの頃は寝ていても夢の中にメニュー表が出て来て、買い出しの食材チェックをしていました。そして「忘れたー!」と叫んで夜中に飛び起きると、いつもより十分早く家を出て、駅前の二十四時間スーパーで買い忘れた物を買って出勤する……という日常でした。

「山口さん、あなた大丈夫? 痩せたんじゃない?」

Aさんに心配されたのは八月の終わりだったでしょうか。気が付けば、私はげっそり痩せていました。

Aさんとは七年ほどの付き合いで、その頃から私は「痩せた〜い。でも食べた〜い」と、焼け石に水のようなダイエットを繰り返しては失敗しておりました。終いには「オオカミ少年ならぬオオカミ中年」とからかわれる始末でした。それが……。

「もしかして私、痩せるほど働いちゃったんだ」

「偉かったねえ。でも、頑張った甲斐があったじゃない」

そうなのです。食堂改革の反応はダイレクトに伝わっていました。

事務所の女子社員はそれぞれ口に出して「毎日お昼ご飯が楽しみです」「今までは野菜に飢えていて、夕飯はサラダ山盛りで食べてたんだけど、もうそんなことなくなったわ」「正直、家からお弁当持ってこようかと思ってたのよ。山口さんが主任になって本当に良かった」と激励してくれました。男性陣は口に出して褒めてくれる人は数人でしたが、それでも態度に表れます。お通夜のように黙って食べてそそくさと席を立つ人の多かった食堂が、ゆっくり食事をしながら談笑する人たちの声で賑やかになりました。無口で無愛想だった人が毎日笑顔で「おはようございます!」「ごちそうさまでした!」と挨拶してくれるようになりました。夕食に築地で買った大きくて脂の乗ったホッケの干物を出した時は「O

さんが『魚が食べたかったんだよねえ』としみじみ言ってましたよ」と嬉しい報告を受けました。

主菜と副菜に野菜が不足していると思われる時は、カウンターに食べ放題のサラダを出しました。非常に好評なので「これからは毎日サラダ・バーを出します！」と宣言したところ「山口さん、そんなことしてお金、大丈夫なの？ アシ出てるんじゃない？」と心配していただいて、嬉しくてホロリとしたものです。

三ヶ月もすると、ようやく一段落し、食材チェックにも慣れてきました。メニューにも色々工夫が生まれ、楽になってきました。

まず、買い出しの無駄と調理の手間を省くため、昼食と夕食の副菜を同じ物に決めました。こうすれば昼の残りを夜に回せます。そして、昼食と夕食には毎日サラダ・バーを出すことにしました。これはお客さんに好評だっただけでなく、メニューを作る際にも役立ちました。主菜か副菜の材料に必ず野菜を入れる必要が無くなったので、その分メニューの幅が広がるのです。例えば主菜が焼き魚、副菜が高野豆腐と干し椎茸の煮物でも、サラダが付けばバランスの取れた食事になります。

そして、自宅の近くの業務用スーパーがハナマサより安いことを発見し、極力そこで買い出しをして食堂に運ぶようになりました。不味い物や品質の悪い物なら買いませんが、スーパーで売っている調味料類・乾物・佃煮・漬物・小麦粉・パン粉などは、大体似たり寄ったりです。それなら少しでも安い物を買って節約し、浮かせた経費で豪華メニューを出そうと思ったのです。そこはハナマサより七割も安い品があったり、清酒二リットルのパックが六百円弱で買えたりと、私には宝の山のような店でした。お陰でクリスマスにはケーキ、節分には豆菓子、バレンタインにはチョコレート（しかもハート型）、お節句には雛あられと、季節感のあるサプライズを出すことが出来ました。

しかし、水物は重いのです。私のショッピングカートは重量に耐えかねて半年で壊れました。そこで会社にお願いして、月に一回車で神田の支店に行き、水物の買い出しをさせてもらいました。

もちろん、失敗もあります。試行錯誤の食堂経営ですから失敗は付きものです。けれども失敗を恐れていては新しいことを始められません。失敗したら改めればいいのです。

メニューに関して思い出に残っている失敗例をご紹介しましょう。

副菜に出したキュウリのヨーグルトソース和え。女性は喜んで食べてくれましたが男性は……。「ねえ、もう一生食べたくない?」と聞くと、「それほどでもないけど……」と沈黙。でも顔が不味いと言っていたので、それは二度と出しませんでした。

そして、やはり副菜で出した冬瓜《とうがん》と茗荷と干し椎茸のゼリー寄せ。美味しそうでしょう? 実際美味しいのです。女性陣は「ステキ! 会席料理みたい!」と絶賛してくれました。でも、男性陣で残す人が結構いたのです。これは手間もかかっているし、自信作だったのでショックでした。「いや、別に不味くないけど……こういうの、食べたことないから」というお答えが数人から返ってきました。「分かった! じゃあもう、二度と出さない! きーッ!」。美味しかったのに残念です。

あの頃のことを書いていると、自然に頬がゆるんできます。大変でしたが、本当に充実していました。私は雇われている身でしたが、自分の店のような気がしていました。そして社員食堂なので、お客さんも同じ顔ぶれです。何だか身内のように感じていました。

そしてつくづく、私ってなんて悪運が強いんだろうと思います。食堂改革が始まったのは『月下上海』を書き終えた後でした。あの大変な時期と執筆期間がまったく重ならなかったのです。もしあの時期に書いていたら、とても完成はおぼつかなかったでしょうし、無理して書いていたら食堂の方が破綻していたでしょう。綱渡りだったけど無事渡りきったのだと思いました。

また、考えてみれば更年期鬱を発症した時期も、母が急速に老化していった期間とは重なっていません。母の状態が一段落して安定してから、私の鬱が始まったのでした。目眩の発作に悩まされた時期も、Sさんの騒動の時期から外れています。悪いことは次々とやって来たのですが、二つ一緒には来なかったわけです。そう考えていくと、案外神様っているのかな……と思ったりします。

食堂のおばちゃんから、ただのおばちゃんに

小さな問題は起きたものの、食堂は好評のうちに営業を続け、二〇一三年に入りました。

忘れもしない三月四日、整体の治療を受けて家に帰ると母が「日本文学何トカって言う

人から電話があったわよ。またかけ直しますって」と言います。そんな知り合いはいないけどなあ……と思っているとベルが鳴り、受話器を取ると「日本文学振興会です。山口さんの『月下上海』が第二十回松本清張賞の最終候補作品に選ばれました。つきましては担当のAという者が連絡いたしますので、詳しいお話を……」

その知らせは、それまでの人生の中で一番嬉しい知らせでした。

後日、指定された日時に文藝春秋社を訪ね、サロンでAさんに初めてお目にかかりました。何故最終候補の段階で担当者が付くかというと、編集会議で出た意見を参考に、選考委員による最終選考会までの間に書き直しても良いからなのでした。

「山口さんの場合は作品の完成度が高いので、大幅な書き直しは必要ありませんが、一点だけ気になったのが……」

と、Aさんの貴重なアドバイスがあり、最後に、四月初めのマスコミ発表までは最終候補に残ったことを口外しないようにと念押しされ、サロンを後にしました。

でも、辻真先先生にだけは、その日のうちに最終候補の件をメールで伝えてしまいました。先生からは「定めし今は最終候補者の恍惚と不安の間を行ったり来たりしていることでしょう。どうせなら恍惚感をたっぷり味わってお過ごしください」とのありがたい返信をいただきました。

さすがに辻先生は分かっていらっしゃいます。そう、こんなこと一生に一度しかないんです。思いっきり楽しまなくちゃ損ですよ。それから私は最終選考の日まで、夢見心地で暮らしました。

数日後、書き直した原稿を持参するとAさんは「もう、やり残したことはありませんか?」、「はい。人事は尽くしましたので、後は心静かに天命を待ちます」と私。その言葉に嘘はありませんでした。

最終選考会が開かれたのは四月の二十三日で、あらかじめ日本文学振興会のIさんから「結果が出るのは午後七時から八時の間です。連絡が行ったら、すぐ選考会場へ来られるように準備しておいて下さい」と言われていました。

だから帰宅してから少し昼寝、その後入浴・お化粧・髪の毛のブロー、母にご飯を出してから「さあ、着替えよう」と部屋に入って……パンストに片足突っ込んだ途端に電話が鳴りました。あわてて受話器を取ろうとして机に脚をぶつけてしまい、ふと時計を見たらまだ六時十五分じゃないの。内心「はえーよ！」と毒づきました。

「おめでとうございます。『月下上海』が受賞作に決まりました」

私は絶対に受賞すると確信していましたが、それでも一抹の不安はあったので、飛び上がるほど嬉しい気持ちでした。

「取ったー！」

階段の上からリビングの母に叫び、黒のパンスト一枚の姿で駆け下りてソファの前に立ちました。すると母は何を思ったか、いきなり私を指さして「力道山！」とひと言。思わず「上手い！」と手を打ってしまった自分が憎いです。

「このクソ忙しい時にしょうもないツッコミ入れてんじゃないわよ！」

そしてまたドタドタと階段を駆け上がり、着替えて各方面に連絡し、家を飛び出しました。なかなかタクシーが捕まらずに焦ったのを覚えています。

受賞後、会社に出勤すると、Aさんはいきなり私に抱きついて泣かんばかりに喜んでくれました。他人の幸運を我がことのように喜んでくれる同僚に恵まれたことに、私も感謝で一杯でした。

それからの大騒動については第一章に書いたので繰り返しません。

あの時期、私には食堂改革の三ヶ月の経験があったので、何があっても動じない、大丈夫だという自信がありました。あの時のことを思えば、取材攻勢なんかヘイのチャラでした。

ありがたいことに、取材以外に執筆依頼も多数いただきました。エッセイはほとんど瞬時に書けますし、短編小説も数日で書き上げることが出来ました。問題は長編小説で、受賞後第一作目の『あなたも眠れない』を書き始めてから、執筆期間のやりくりに不自由を感じるようになってきました。

とうとう年末に「給料半分で良いから、十時半で上がらせてくれませんか?」と労務のSさんに相談しました。十時半まで食堂にいれば、翌日の朝食の仕込みまで終わっているので、昼食・夕食の調理と後片付けは私がいなくても差し障りがないからです。

「それは構わないけど、一日四時間半の勤務で正社員契約は出来ないから、またパート契約に戻ることになるけど、良いの?」とSさん。

「それはまったく構いません」

「それとね、ここは社員食堂だから、全員パートで運営するのは少し問題があるんだ。Aさんはもう六十歳を過ぎてるから、新しく正社員待遇の人を雇って主任に迎えることになると思うよ」

その際、私が勤務を続けるか、あるいは退職するか、いずれにしても年度末までに結論を出して欲しいということでした。

正直、私は会社を辞めようなどとは夢にも思っていませんでした。八時間勤務は無理でも、十時半で仕事を終われば、十分に二足のわらじを履いてやっていけるという心づもりでした。

しかし、新しい主任を雇うと食堂の人員は七名になります。現在六人で十分運営していけるところに一人増えるわけで、それなら私は完全な余剰人員です。会社が儲かっている時期ならそのまま居座ることも出来るでしょうが、現在新聞の配達量が最盛期の月十万部から五万部にまで落ちている時に、余分な給料を払っていただくのは心苦しい限りです。

辞めるしかないだろう……そう決意しました。

後になって気付いたことですが、あっさり退職を決意したのは会社の事情だけでなく、私にもそれを望む気持ちが芽生えていたからです。

自分の力量を考えれば、読み応えのある長編小説を書けるのは七十歳くらいまででしょう。その時点で残り十五年を切っていました。この十五年を全力で小説と取り組まなければ、絶対に後悔する。その思いが、背中を押したのです。

年が明けてから、三月一杯で退職することになったと食堂で打ち明けました。びっくりしたのは、Aさんはじめ全員泣いてくれたことです。本当に身の置き所に困って、一人でもじもじしてしまいました。

各出版社の編集者にも退職の件を知らせました。

私は経験しませんでしたが、新人小説家は編集者から心得その一として「絶対に勤務先を辞めてはいけません」と釘を刺されるそうです。だからみなさんに「えーッ!? どうして辞めちゃったんですか？　せっかくトレードマークだったのに。山口さんから食堂取ったら、タダのおばちゃんじゃないですか」と言われるのかと覚悟していたら、どなたも満面の笑みで「それじゃ、一年に長編四作書けますよね。うちの仕事は来年になってたけど、年内でお願い出来ますか？」という話ばかりだったので、「ああ、良かった！　私、多分筆一本でやっていけると思われてるんだ」と、安堵して胸をなで下ろしたのでした。

退職に際して事務所のYさんから「会社から何か記念品を贈ることになったんだけど、何が欲しい？　本人に選んでもらった方が間違いないから。予算は一万円以内で考えて」と聞かれ、迷わずステンレス製の水切りカゴを選びました。当時自宅で使っていたプラスチック製の品が古くなっていたのです。その水切りカゴは今も我が家の台所でピカピカに輝いています。「火事で逃げる時も嫁に行く時も持って行くからね」とYさんに伝えました。

理事長さんからは「この会社の配達網は非常に優れているから、新聞だけでなくて、これから雑誌なんかも載せていこうと思ってるんだ。山口さんが大きな賞を取ってマスコミでうちの会社も宣伝してくれたから、営業のきっかけになって助かってるよ」と、感謝状までいただきました。「あなたは永年にわたり当組合の食堂業務に従事し従業員の健康管理に大変なご尽力をされました……」という感謝状は、私の勲章です。

私は丸の内新聞事業協同組合の社員食堂で働いていたからこそ作家になれました。マスコミに注目されたのも食堂あればこそです。四十過ぎてもマザコンでニートだった私が、母の老衰を受け入れ、いずれ一人で生きねばならないと覚悟が出来たのも、食堂で働いたお陰です。だから退職はしましたが、このご縁はずっと続いてゆくと思います。

今年の新年会にもシャンパンを半ダース持って遊びに行きました。ビンゴゲームで商品カタログが当たって、樹脂加工のフライパンをゲットしました。マルシンとご縁のある品が台所に集中しているのも楽しいことです。

退職してから錦糸町で一度、上野で一度、偶然マルシンの関係者とバッタリ出会いました。お互い笑顔で「山口さん!」「○○さん!」と駆け寄って旧交を温めました。笑える関係で退職出来たことを、とても幸せに思っています。

繰り返しになりますが、私は食堂の仕事に全力を注ぎました。出来ることはすべてやり、一つも出し惜しみしませんでした。だから後悔も心残りもまったくありません。

毎日会っていた人たちと別れた寂しさはありますが、喧嘩して辞めたわけではありません。いつでも戻れるという思いがあります。誰と会ってもお互い笑顔で話が出来ます。もしかしたら、いつか小説が売れなくなって、もう一度食堂のおばちゃんに戻る日が来るかも知れません。そうしたら、まず一番にマルシンを訪ねて「求人の御用はありませんか?」と聞いてみようと思います。

第四章　崖っぷち人生

悪運さん、いらっしゃい！

一昨年、勤めていた食堂で『ＦＬＡＳＨ』で人生相談やることになった」と言ったら、朝ご飯を食べていた男性従業員に爆笑されてしまいました。

「人の相談してる場合じゃないでしょ。山口さん、人生崖っぷちじゃん」

そう、確かにその通りです。何しろ私は旦那はいない、子供はいない、カレシはいない、おまけに母はボケちゃうし猫はＤＶだし、もう踏んだり蹴ったりなんですから。

おまけに今や食堂を辞めてしまって筆一本。みなさんもご存知でしょうが、出版界は大不況で本が全然売れない時代なんですよ。出版物の総売上は一九九五年から比べると四割近く落ちているそうです。文芸書……つまり小説に限って言えば、全盛期の六割から七割減と聞きました。全小説家の中で小説だけで食べている人は一割くらいで、後は医者や教師など本業が別にあったり、大学やカルチャーセンターの講師など副業を持っているとか、あるいはご主人の収入で生活出来る主婦とか……。

こんな時代に専業作家になったわけですから、前途多難は当然です。

それでも私は楽観しています。どうにかなるさ、と。

何故かというと私が小説家だからです。小説家の何が素晴らしいって、人生を丸ごとネタに出来るところです。いい経験も悪い経験も、全部ネタです。しかも、悪い経験の方がネタとしては面白いんです。電車で偶然隣りに座った若いイケメンと恋仲になって結婚して幸せに暮らしましたなんて、小説にしてもつまんないでしょ？　でも、二人で住むマンションを見に行って、苦労して積み立てた預金を全部下ろして頭金を払った途端、彼は姿を消し、おまけにマンションは欠陥住宅で、しかも知らない間に消えた彼の借金の連帯保証人にされていて……なんて、ハラハラドキドキ、面白いじゃありませんか。

つまり、小説家には人生に失敗はないんです。全部ネタですから。悪運さん、いらっしゃい、ですよ。

私は松本清張賞を受賞してから、まるでオセロゲームのように、それまでの黒が白にひっくり返る状況を経験しました。食堂のおばちゃんも、大酒呑みも、お見合い四十三連敗も、マスコミ的にはすべて美味しいネタで、それで大きく取り上げていただいたわけです。

だから、その時覚悟しました。いつかこれが逆転して、この白がもう一度全部黒にひっくり返る日が来るかも知れない。小説が全然売れなくなって、親切だった編集者に掌返しされ、原稿は突き返されるは居留守は使われるは、「○○さん、ひど〜い！」と机に突っ伏してよよと泣き崩れ……なんてこともあるだろう、と。

私は腹をくくりました。そうなっても狼狽《うろた》えるのはよそう。また食堂で働きながら書けば良いんだから。それに、それって面白い。何だか小説みたいじゃない……。

そうです。小説家の人生に失敗はありません。全部ネタですから。


私は呆れるほどに楽観的で、脳天気と言っても良いほどです。先々のことを考えてあれこれ悩んだりしません。これは非常に得な性格だと思っています。何故なら、悩んで解決する問題などこの世にないからです。

人間の悩みには二種類しかありません。どうでも良いことと、どうにもならないことです。

どうでも良いことというのは「◯◯さんは口ではああ言っているけど、本当は私のことどう思っているのかしら?」「ママ友の××さんはどうも私を良く思っていないみたいだけど」という類です。◯◯さんの場合、その人が親兄弟や恋人など、身近な人であれば自ずと真意は感じ取れるはずです。そして胸中を察せられない程度の希薄な関係……赤の他人の場合、放っときゃ良いのです。一度口から出したことを違えたら、悪いのは相手の方です。だから××さんのことは忘れなさい。ママ友は友達じゃありません。赤の他人のために気持ちを乱されるなんて愚の骨頂です。どうしても気になったら「あなたは私を良く思っていないみたいだけど、どうしてかしら?」と、××さんにはっきり聞いてごらんなさい。××さんはともかく、あなたの気持ちはスッキリするはずです。

どうにもならないことというのは「リストラされた」「会社が倒産した」「彼に新しい女が出来て捨てられた」などの類です。

これは悩んだって仕方のない問題です。受け入れるしかありません。受け入れた上で善後策を考えればいいのです。ユニオンに駆け込む、ハローワークへ行く、新しい男を見つけるなど、現状を改善する方法はあるはずです。マイナスの事態に遭遇した場合、くよくよ悩んでいるのと、事態を受け入れてから善後策を考えるのとでは、立場は同じでも気持ちの面で断然差が付きます。特に男に振られたような場合、もっと好い男をゲットすれば、別れた男のことなど一生思い出すことはありません。

そして、宝くじを買いましょう。私は毎週TOTO BIGを買っています。六億円手に入ったら、人生の悩みの九十九パーセントは解決してしまいますからね。おほほほ！

人間関係は、ご縁で始まり相性で続く

今の日本に蔓延している深刻な病的現象は〝引きこもり〟と〝自分探し〟ではないかと思います。

〝引きこもり〟も、かつては十代の若者特有の現象と思われていたのが、今や四十代・五十代の引きこもり族までいるそうで、驚くやら感心するやらです。私が子供の頃は、子供が部屋に閉じこもって出てこないことはほとんど無かったと思います。何故なら、自分

の部屋を持っている子供なんかほんの一握りしかいなかったからです。まして、青年期に達した子供を養っていけるほどの富の蓄積が庶民にはありませんでした。だから引きこもり族の話を聞くと、日本も随分豊かになったという感慨をもよおすのです。

そして〝自分探し〟と言えば、中高年の女性がカルチャーセンターにかよったり一人旅をしたりすることだと思っていたのですが、最近は〝自分探し〟で戦場に行く若者が現れたそうです。戦場で自分を探されても、敵も味方も迷惑するだけだと思うのですが。

もう一つ、『FLASH』の人生相談に多いのが「最近の新入社員には覇気がない。やる気がまったく感じられない」というご相談です。

私は最近の若者にやる気がないとは思っておりません。ただ、もはや中高年世代になってしまった私とは、やる気を出す場所が違っているだけなのだと思います。例えば携帯メールが来たら三秒以内にレスポンスとか、一緒に昼飯を食べる友人がいないと恥ずかしいのでトイレで弁当を食べるとか、結構やる気は出しているのですよ。ただ「そんなことにやる気を使うな!」という場所で使っているだけで……。

私はそれらは全部まとめて、同じ根から生じた現象ではないかと考えています。

その根を非常に的確に美しく表現した文章が『山月記』(中島敦)にあります。「己《おのれ》の珠《たま》に非《あら》ざることを惧《おそ》れるが故に、あえて刻苦《こっく》して磨こうともせず、また、己の珠なるべきを半ば信ずるが故に、碌々《ろくろく》として瓦に伍することも出来なかった」

中島敦はそれを「臆病な自尊心と傲慢な羞恥心」によると結論づけています。現代風に言えば「俺はやれば出来るんだ。ただ本気出してないだけだ」となるでしょうか。

彼らの頭の中には〝カッコ良い自分〟というイメージがあります。ところが現実はそのイメージに追いついていません。そのギャップに呻吟《しんぎん》しているにもかかわらず、彼らの頭にはこつこつ努力を積み重ねて少しずつでもイメージに近づいていこう……という発想がありません。カッコ良い自分が地べたをはいつくばって種をまくような真似をするなんて、カッコ悪くて誇りが許さないのです。

ある人は鏡に映った己の姿に「イ、イメージと違う!」と苦悶し、人前に出るのを避けて部屋に引きこもります。ある人は「この姿は本物の自分じゃない。嘘の自分だ。本物の自分は世界の何処かにいるはずだ」と信じて自分探しの旅に出ます。そしてまたある人は「今の世の中、若者は結局親の世代より豊かにはなれない。自分の親程度の暮らしのために、本気出してがむしゃらに頑張るなんてバカバカしい。カッコ悪いったらない」と見切りを付け、世の中を斜に構えて見るようになります。

彼らは間違っています。

今の世の中でカッコ良いと思われている人たち、例えば坂本龍馬とか土方歳三、彼らはその当時カッコ悪いと思われていることから逃げないで、カッコ悪さを引き受けて生きた人たちです。その志と潔さが、今の私たちから見て非常に格好いいのです。

人間はカッコ悪さから逃げている限り永久にカッコ悪いままです。カッコ悪さを引き受ける勇気を持てるか否か、そこに人間の真価が問われるのです。

私は〝自分探し〟というのが一番理解出来ません。今ある自分が嘘の自分で、本当の自分が世界の何処かにあるという考えまでは理解出来ます。しかし、本当の自分が嘘の自分より素晴らしいと信じる根拠は何なのでしょうか？　普通に考えたら、本当と嘘があったら嘘が素晴らしいに決まっていますよ。だって本当は現実、嘘は願望なのですから。

どうして彼らのような人間が増えたのかと考えると、日本が豊かになったことと、教育が間違っているのではないかという結論に達しました。

「一人の命は地球より重い」「人はみな素晴らしい個性を持っている」「やれば出来る」「人間はみな平等だ」

こういう甘ったれた考えが、子供の精神を薄弱にしているのではないでしょうか。伝記を書いてもらえるような素晴らしい個性を持った人間なんて、一世紀にほんの二、三人しかいません。後はみんなドングリの背比べです。そのままでいたら誰も自分と他人の違いに気付いてはくれません。

第二章で書いた、特Ａ５番の松阪牛とノーブランドの並牛肉のお話です。並肉はそのままじゃダメなんです。手間暇かけて工夫して、やっと人前に出せる料理になるんですよ。並肉を特Ａ５番と錯覚させるような教育は間違っています。

そして「やれば出来る」なんて大嘘です。やって出来ることなんて百のうち二つか三つくらいで、大方のことは出来ないんです。それでもやらないといけないことが世の中にはあるのです。それを教えるのが教育というものです。努力が全部ブーメランのように返ってくるはずがありません。努力の九割は無駄になります。でも、努力しないことには一歩も先へ行けません。継続と忍耐、この大切さを教えるべきです。

私が一番頭に来るのが「人間はみな平等」です。人間が平等のわけないじゃありませんか。それが証拠に、私は山口百恵と同学年です。山・口・恵と、三文字も同じです。それなのに人生まるで違ってるじゃないですか。片やレジェンド、片や食堂のおばちゃん。おまけに百恵さんには素晴らしいご主人と息子さんがいて、私は今や食堂も取れてタダのおばちゃんですよ。いったいどこが平等なんですか！

……興奮して、失礼いたしました。


さて、子供もいないこの私ですが、台東区立浅草中学校のＰＴＡで「母と子の関係」について講演させていただいたことがあるのです。

以前は母親と息子の癒着があれこれ取り沙汰されていましたが、今は母親と娘の確執が話題になることが多いようですね。支配欲の強い母親によって自分がどれほどの被害を受けたかを綴った本が次々と刊行されています。一方では妻の実家に同居する若夫婦も増えているそうですし、簡単に論じられる問題ではありません。

私は親子・夫婦・兄弟・恋人・友人を問わず、人間関係というのはすべて「ご縁で始まり相性で続く」ものだと考えています。縁あって親子に生まれ、縁あって夫婦になっても、相性が悪いとご縁が切れてしまうのです。相性というのは努力では如何ともし難い場合もあって、ある種運命とか宿命に近いのではないかと思うのです。

だから、どっちが悪いとか、あの時こう言ったとか、そうやって犯人捜しをしても不毛ではないかと思うのです。相性が悪かった、あるいはご縁がなかったと思って、付き合いを断つ……それが無理なら出来る限り疎遠になるのが、お互いにとって最も望ましい解決法だと思います。

ずっと以前、テレビ番組で四十代の女性が「あの時、母は本当は趣味の××を始めたくて私が起きていると邪魔だったんだと思います。でも、私には『起きているとまたお熱が出るから』と言って子供部屋に追いやったんです」と語るのを見て唖然としたことがあります。

「それじゃ、その時お母さんが『ママはこれから「11PM」を見たいの。子供は邪魔だからさっさと寝て頂戴』と言っていれば、あなたの人生は変わったんですか？」と聞きたくなりました。だってその人、もう四十代なんですよ。今更子供の頃の母親との小さな齟齬《そご》を持ち出して、何になるのでしょう？

私は子供の頃に日本舞踊を習い始めたのですが、それというのも母が「この子は将来嫁のもらい手がないかも知れないから、手に職を付けさせた方が良い」と考えたからです。当時から少女マンガに夢中だった私は「バレエが習いたい」と言ったのですが、母は「日本舞踊ならお座敷でひとさし舞ってみせることも出来るけど、人前でパンツ見せてバレエ踊るわけにいかないでしょ！」と、わけの分からないことを言って日本舞踊になったんです。その後、柳家小さん師匠の二人のお孫さん、小林十市《じゅういち》と柳家花緑《かろく》の写真を見てびっくり。バレエダンサーの十市は、花緑の倍くらい首が長いじゃありませんか。

「私だってバレエを習ってれば、もうちょっと首が長くなったのに！」

「で、それであんたの人生変わったと思う？」

……思いません。私の首があと二センチ長くなっても、世界の歴史も私の人生も何も変わっていないでしょう。

こんなモンなんですよ。どうせドングリの背比べで生きてるんじゃありませんか。細かいこと気にしたって仕方ありません。

親子の関係で一番大切なのは相性、つまり互いの愛情です。

しかし、世の中には不幸にして親や子に愛情を抱けない人もいます。たとえ子供に愛されなくても親は大人だから良いとして、親に愛されない子供は悲惨です（これは虐待とは別の話です。猫が嫌いな人が全員猫を虐待するわけではありません。虐待する人は「虐待族」という別の人種なのでここでは触れません）。

親には製造者責任というものがあります。だからたとえ子供に愛情がなくても、親切にしてあげて欲しいと思うのです。愛は偶然の産物ですが、親切は努力のたまものです。電車の中で見知らぬ老人に席を譲れるなら、わが子にも親切に出来るでしょう。親切に育ててあげれば、大人になれば自分と相性の良い人を見つけて巣立って行けます。

そして、親は世間とは別の基準で子供を評価して欲しいと思います。学校には学校の、会社には会社の、世間には世間の基準があります。同様に親には親の、つまり家庭の基準があってしかるべきです。家庭の基準をそっくり外に合わせる必要はないと思うのです。

そうしないと、学校や会社でハジかれてしまった子供には居場所がなくなってしまいます。家庭こそは子供が安心してたどり着ける、最後の砦であって欲しいのです。

これも『FLASH』で受けたご相談ですが、今思い出しても胸が痛みます。父親は県立高校の校長で、兄は県立の名門校を卒業して一流企業に勤め、やはり秀才の女性と結婚して両親と同居しています。一方本人は二流の私大を卒業して父親のコネで東京の会社に就職したものの、パワハラを受けて退職、実家に戻りました。両親と兄、兄嫁から毎日人間のクズ扱いされて心を病み、離れに移り住みました。今は県の臨時職員をしていますが、心の傷は今以て深いそうです。

これなんか、親の基準が完全に外と一致してしまった典型ですね。

おそらくこの両親にとって子供と言えるのはお兄さん一人なのでしょう。お兄さんは両親の設定した〝一流大学卒・一流企業勤務〟という基準をクリア出来ましたが、弟は失敗してしまいました。その時点で、弟はもう子供の身分を剥奪されてしまったのです。

この両親が基準を変更することはないでしょう。そして将来も「あの時は本当にすまなかった」と後悔して謝罪することもないでしょう。

「だからあなたも親・兄弟と思うのをやめた方が良いです。肉親だと思うから許せないのです。隣りのおじさん・おばさん・その息子と思いましょう。そうすればいくらか気持ちが楽になりませんか？」

このようにお答えしたのですが、私はこの方が可哀想で堪りませんでした。何故なら、もしこの方が別の家庭に生まれていたら……例えば「出来の悪い子ほど可愛い」とか「出来損ない？ それがどうした、うちの子が一番だ！」というメンタルの両親の子供であったら、今の不幸はなかったからです。

私の母は親バカを通り越したバカ親でした。いつでも私の側に立ち、愚かしいほどの愛情を注いでくれました。まさに溺愛でした。

母には私を他人と比較して評価するという発想がありませんでした。それはありがたいことに私にも遺伝しています。他人と自分を比べることに神経を費やさない……これが生きる上でどれほど気楽であり、なおかつ幸せなことか、はかり知れません。

私が社員食堂で働くことを決めた時も「エコちゃんは料理が好きだから、良い仕事が見つかって良かったね」と言ってくれました。

「大学まで出してあげたのに食堂の賄《まかな》い婦になるんですって？ どうしてそんな情けない

真似が出来るの？　ママの女学校時代の同級生の娘さんは、みんな立派な仕事を持ってるか、立派な人と結婚してるのよ。これじゃ恥ずかしくてクラス会にも行けやしないわ！」

もしかして多少はこのように思っていたかも知れません。でも、私の前で言葉や態度に出したことはただの一度もありませんでした。

脚本家になりたい、小説家になりたいと、実現する望みの薄い夢にしがみつき、正規の仕事もなく婚期を逸した娘には、親としてもっと厳しい態度で現実と向き合わせた方が良かったと思う方もいるでしょう。

でも、私は母がバカ親でいてくれたことに心から感謝しています。だからこそ私は何とか「物語を書く」という夢を持ち続けることが出来たのです。

親として子供の将来を心配するのは当然のことです。小さい頃から塾に通わせ、少しでも良い中学、良い高校、良い大学に合格し、良い会社に就職して欲しいと願う気持ちも良く分かります。

ただ、その後の親子関係にも目を向けることが必要なのではないでしょうか。子供時代の数々の軋轢《あつれき》によって信頼関係が壊れてしまったら、元も子もありません。子供が大成功したのは良いけれど「もう二度と顔も見たくない」と言われたら、どうしますか？　せっかく縁あって親子に生まれてきたのに、こんな悲しいことはありません。

「世間は世間、うちはうち」

心の片隅にその考えを置いて、親と子の信頼関係を育てて下さい。

書くことが好き、書いていれば幸せ！

「やれば出来るなんて嘘」と言っておいて矛盾するようですが、私は全力を尽くして努力することをお勧めします。

「失敗したらカッコ悪い」という考えほど有害なものはありません。失敗するのは当たり前なのです。だって、やって出来ることなんて百のうち二つか三つで、努力の九割は無駄なんですから。やれば出来る人、失敗しない人なんて、どうせ一世紀に二、三人だけなんですから。だから失敗しても全然カッコ悪くありません。失敗を恐れることがカッコ悪いのです。

そして人間は本来、好きなこと、やりたいことのためには努力出来るはずなのです。また、その努力を努力とも感じないほど夢中になれるのです。

五十五歳で松本清張賞を受賞するまで、結構長い道のりでした。少女マンガ家を志していた頃から数えると苦節約三十五年ですから。

「大変でしたね」とか「ご苦労されたんでしょう」などと言われることもありますが、実は本人はまったく大変とも苦労とも思っていないんです。

私は書くことが大好きで、書いていれば幸せでした。プロットの仕事も、脚本家と同じだけの稿料を払ってもらえるなら、あのまま「プロデューサーの出した条件をクリアしながら物語を作る」仕事を続けても良かったと思っています。好きなことのために努力するのは当たり前です。世の中には寝たきりのお姑さんの介護を十五年もしたのに、夫からも小姑からもいたわりの言葉一つかけてもらえないお嫁さんだっているのです。それを考えたら、好きなことのために努力出来るのは幸せです。

ただ、清張賞を受賞する前は、その努力は報われない努力でした。雑誌その他の媒体に発表される見込みもなく、まして本になって出版されるなんて夢のまた夢……。それが今は報われる努力が出来るようになったわけです。原稿を雑誌に載せてもらえるし、本にして本屋さんに並べてもらえます。つくづくありがたいと思っています。

そして、私は運良く努力が報われましたが、世の中には報われない人もいます。むしろ、ほとんどの人は努力が報われることなく終わってしまうのかも知れません。

それでも私は敢えて言います。全力で努力して下さい、と。

いくら努力しても、叶わない夢はあります。及ばない結果はあります。でも、全力を尽くした人は諦めることが出来るのです。諦めは決してマイナスの感情ではありません。無用な執着、無用なプレッシャーからの解放です。諦めは旅に疲れた人の心を癒すオアシスのような感情なのです。諦めは人を救います。

オアシスで渇いた喉を潤し、疲れた身体を休めていると、別の世界が開けます。これまでたどってきた道とは違う道が見えてくるでしょう。だから、また歩き出すことが出来るのです。

でも「カッコ悪い」「失敗したくない」「俺は本気出してないだけ」と理屈を付けて、努力しなかった人、全力を尽くさずに出し惜しみした人は、諦めることが出来ません。引きこもりも自分探しも斜に構えているのも、諦め切れないからこそのポーズに他ならないのです。

彼らはどうなるかというと、やがて後悔を始めます。後悔というのは人の心を蝕んで行く恐ろしい感情で、不幸の源です。不幸な人はみな後悔の塊です。人間は後悔のないように生きないと、幸せにはなれません。

だから、やりたいことのある人は、そのために全力を尽くして努力して下さい。全力を尽くせば、たとえダメでも諦めが救ってくれます。後悔だけは絶対にしないで下さいね。

さて、これからの私の人生、ひと言で言えば崖っぷちですが、もう少し詳しくお話ししてみましょう。

まず、一番はじめに母のことです。現在要介護2です。二年前と比べると、少し状態は悪くなっています。いつまで今の状態が保てるか定かではありません。もしかしたら二年後は車椅子のご厄介になっているかも知れません。

家は建売りの一戸建て住宅です。兄が母のためにリフォームしてくれてバリアフリーではありますが、何しろ昔の建売りで三階建てのため家が三層構造になっています。一階がガレージと風呂・洗面所・物置、二階が玄関・リビング・台所・トイレ、三階が三人の寝室とトイレ・洗面所。つまり家の中に二つ階段があって、玄関は石段を上った上にあるわけです。完全に「なんちゃってバリアフリー」で、母が車椅子生活になったら、動くのがちょっと厳しい状態です。

近い将来、この家を売ってマンションに入居しないとダメかなあ……と考えております。マンションならワンフロアで階段がないし、エレベーターを利用して車椅子での外出も可能です。

それに、私と兄の年齢のこともあります。兄は私より十一歳年上で、もう早期高齢者です。年を取ると一戸建てよりマンションのほうが便利ですね。特にゴミ出し。年に数回ゴミ当番が回ってくるのですが、資源ゴミのカゴと袋をセットしないといけなくて……だからゴミ出しの日は旅行にも行けないし、寝坊できないし、色々と煩わしいのですよ。あと、回覧板とか町会の当番とか。町会の当番になると町会費・赤い羽根・赤十字・歳末助け合いと、一年に最低四回は町内を回ってお金を集めないとならなくて……言ってること、完全におばちゃんの愚痴ですね。

私はおばちゃんの代表選手のような扱いを受けることもありますが、実は肉体的にはもうお婆さんです。だからおばちゃんと呼ばれることは年齢詐称ではないかと思ったのですが、まあ考えてみればババアはおばちゃんの親戚です。細かいことは気にしないで行きましょう。

そもそも、私は年を取ったからおばちゃんになったわけではありません。生まれた時からおばさん顔でしたし、子供の頃からバスや電車の座席が空いていると強引に尻を押し込んで座っていましたし、重い物を持ち上げる時は「どっこいしょ～のすけえ！」とか「よっこいしょ～いち！」と言っていました。持って生まれたおばちゃん体質なのです。だから、見た目女子高生や見た目女子大生の時は、はっきり言って詐欺でした。中身とギャップがありましたからね。

それが中年になり、やっと見た目が中身に追いついたのです。身も心も正真正銘のおばちゃんです。気分は最高です。

おっと、いったい何の話をしていたのでしょう？

そうそう、問題はうちのＤＶ猫たち。昔は犬は十年、猫は十五年が寿命だったのですが、今は犬が十五年、猫は二十年が平均らしいです。つまり、ボニーとエラは私が七十四歳まで、ひょっとしたらその先も生きるわけです。私が生きていればいいですよ。でも、私が先に死んでしまったら、あの子たちはどうなるのでしょう。あんなひどいＤＶ猫、おまけに子猫ならまだしもジジイとババアになった猫なんか、誰も引き取ってくれないでしょう。それを考えると憂鬱で……。

以前、私は「どんなことがあっても母より先には死ねない！」と悲壮な決意をしていたんですが、今はもう母も米寿なので「どうせ私が死んだら一年も経たないうちにがっくりして死ぬだろう」と割り切って、母にも「私が死んだらすぐ追いかけてくるんだよ」と言い聞かせております。本人も「うん。すぐ行くから」と言います。だから一年くらいなら、二人の兄が面倒見てくれるだろうから、これからは気楽でいいや……と思っていたのに、ＤＶ猫のために私の人生計画はめちゃくちゃです。

そして猫の心配をする前に、私自身が今後作家として活動していけるかどうかも定かではありません。前にも申し上げた通り、今は本が売れない時代なのです。その中で作家専業でやっていくのは並大抵のことではありません。普通の方は小説家というと村上春樹さんとか東野圭吾さんとか宮部みゆきさんとか、大ベストセラー作家しかイメージがないのでしょうが、あの方たちはまったくの例外です。今の日本で初版で五万部を刷ってもらえる小説家は二十人いません。直木賞受賞作家でさえ初版一万部を切る方もいるくらいです。

ただ、私は自分の将来を悲観していません。ベストセラー作家になれると思っているからではなく、どんなことがあっても書き続ける自信があるからです。注文が来なくなっても、昔のように食堂で働きながら書いているはずです。

もしも願いが叶うなら、早く大ヒット作を書いて、来年いっぱい馬車馬のように働いたら、再来年からは少し書くペースを落として、母と一緒に過ごす時間を増やしたいですね。食堂を退職した時、母はこれで昔のように二人で下らないおしゃべりをしたりしながらゆっくり出来ると思っていたようなのですが、実際には書く量が増えたので、一日のうちほとんど母は二階のリビング、私は三階の自分の部屋に籠もっていて、顔を合わせるのは食事と入浴の時くらいです。

母は口には出しませんが、寂しいだろうと思います。この先、十年は一緒に暮らせないでしょう。

私は母と二人で旅行したことがほとんどありません。まだマルシンに勤めていた時代、ボーナスをはたいて京都の炭屋旅館に泊まったことがあります。今より少しは歩けたので、錦市場をぶらついてお土産を買いましたっけ。その翌年もやはりボーナスをはたいて二人でペニンシュラ東京に泊まりました。母は大きな湯船で溺れそうになりましたが、高級ホテルに泊まるのは楽しかったようです。あとで調べて分かったのは、ペニンシュラ東京が父と母が初めてデートした日活ホテルの跡地に建っていることでした。

その翌年からは旅行に行っていません。遠くは無理でも、兄の車で行ける房総とか伊豆へ連れて行ってあげたいと思うのですが、今現在は私が忙しくなってしまって、実現出来ません。何とか母の身体が動くうちにと願っているのですが……。

人間関係は全部足して十に！

人間関係はご縁で始まり相性で続くと書きましたが、私と母の相性の良さも、偶然の産物とはいえ、不思議なことだと思います。星座・血液型・四柱推命、何で占っても相性が良いのです。

「ここまで幾重にも良い縁で結ばれているんだから、私たちはきっと前世でも親子か姉妹だったのよ。だから来世でもきっと、また親子に生まれてくるわよ」

恋人同士の誓いならともかく、二人の婆さんがこのように言い交わす光景は不気味ですが、私も母も真剣です。生まれ変わってまた親子になるのだと信じています。

ただ、このように母と娘の絆が強いのは良いことばかりではありません。私は母と仲が良すぎたために、親友と呼べる人がおりません。

高校時代の友人とは今も付き合いが続いていますが、彼女たちの多くは学生時代に御神酒徳利のような仲良しがいたのに、私にはいませんでした。それはやはり、母親が私を全面的に理解し、受け入れてくれたので、友人にそれを求める気持ちが薄かったからだと思います。

私は「人間関係はかき集めると十になる」と考えております。親子関係が上手くいかない人は、配偶者や友人など、肉親以外に理解のある人がいる場合が多いからです。

代表的な例が名作『ガラスの仮面』です。ご存知のように主人公北島マヤは演技の天才ですが、彼女の母親は最後まで娘の演技に対する情熱や愛情、そして彼女の女優としての才能を認めず、理解しないまま亡くなりました。その欠落を埋めるように、マヤの周囲には友人が集まってきます。マヤの成功を我がことのように喜び、芸能界を追放されたマヤのために復帰の舞台を用意したのは劇団「月影」「一角獣」のメンバーたちです。本物の友情の美しさが物語から溢れてきます。

一方ライバルの姫川亜弓は、大女優の母と世界的映画監督の父を両親に持っています。亜弓のたどる道筋を、母は同じ道をたどった先輩として、父は多くの名女優を見守った監督として、深く理解し、共感し、援助を惜しみません。だから亜弓は他人に理解されたいという欲求を持ちません。当然、友人などという矮小な存在に頼ろうとも思いません。畢《ひっ》竟《きょう》、亜弓の周囲にいるのは取り巻きだけになります。唯一友人と呼べるのはライバルの北島マヤだけなのです。

恋においても二人の親子関係が強く影響しています。マヤはアイドルスターの少年に恋をして、身も世もなく恋に溺れて自分を失い、ボロボロに傷つきます。一方、亜弓にとって恋は楽しむ物であり、決して自分を見失うほど相手にのめり込むことはありません。言い換えれば自分を失うほど他人を求めることが出来ないのです。

姫川亜弓のあとで僭越ですが、私も、初恋以外に強烈に男性に心を奪われた経験がありません。興味を惹かれたり好きになったりしたことはあるのですが、しばらくすると何故か初恋の時のあの気持ちが蘇ってきて「あれを恋というなら、これは恋の劣悪なコピーに過ぎない」と思ってしまうのです。そうするとスーッと気持ちが冷めてしまいました。

今にして思うと、私も母と暮らす生活で精神的に満たされていて、何もかも捨てて相手の胸に飛び込もうという情熱が湧いてこなかったのでしょう。

そのようなわけで、親子関係が上手く行かない人は、肉親以外の人間関係を築いて補完出来るのではないかと思うのです。

だから、母一人に頼っていた私は、母を失ったらずいぶんと孤独になるだろうと思っています。


ただ、幸いなことに書き続けてきたお陰で、学校生活を終えてから同好の士と知り合うことが出来ました。時代劇研究会のメンバーもそうですし、光文社のミステリー講座で知り合った方たちとも交流が続いています。

光文社の方は十年近く前に通った講座で、講師はミステリー評論家の新保博久《しんぼひろひさ》先生でした。受講していた方たちはずっと以前から新保先生の信奉者でしたので、講座が終わってからも新保先生を囲んで集まるようになりました。どうせならみんなで同じ本を読んで、批評しながら楽しもうということになり、Aさんという作家がマンションを会場に提供して下さるので、お酒や料理を持ち寄って、楽しく騒いでいます。「Ｓｈｉｍｐｏ会」と名前が付いて、三月に一回ほど参加するのがとても楽しみです。

Aさんを筆頭にかつてのマルシン食堂スタッフは言わば戦友です。当時から個人的に暑気払いと忘年会を開いてお招きしていましたが、退職後も〝戦友会〟として続いています。清張賞受賞をきっかけに、宝石店にいた頃の同僚の方との付き合いも復活しました。彼女は今介護の仕事をしているので、その分野の話を聞かせていただくのもとても勉強になります。

そして、四十歳近くになって再開した日本舞踊も、すでに十八年目を迎えました。今年は遂に「藤間由以《ふじまゆい》」というお名前をいただき、国立劇場の舞台にも立ちました。師匠の藤間綾由貴《あゆき》先生は優れた舞踊家にして指導者です。ご尊敬申し上げているのですが、年齢が近いせいもあり、お目にかかるとおばさんトークに花が咲くことも少なくありません。日本舞踊を通じて育った人間関係と、かいま見た伝統芸能の世界も、これからの私の財産になってくれるでしょう。

年齢を考えれば、母と兄が先に逝き、私が一人で残る公算が大です。若い頃は一人暮らしは孤独で、孤独というのは寂しいだろうと思っていましたが、今はそうは思いません。

何しろもう五十七年もずっと家族と一緒に暮らしてきたので、一人暮らしもせいせいして良いだろうと思っています。

そして、孤独も悪くありません。私は友人とご飯を食べたりお酒を呑んだりするのが好きですが、一人でお店に入って食事したりお酒を呑んだりするのも大好きです。また、映画とかコンサートは、基本的に一人で行きます。感動して心が震えているような時、同行した人に気を使いたくないのです。「あのシーン、良かったわねえ」なんて言われると、感動が薄れそうです。後で会って「あのシーン、最高よね」なんておしゃべりするのは好きなのですが。

死に対する気持ちも若い頃とはずいぶん変わりました。昔は「あの世」と「この世」で、二つの世界は厳格に分かれていて交わることがないと思っていました。その後、何となく川の両岸のようなもので、向こう岸へ渡ると死んじゃうのかな……という時期が続き、五十を過ぎてからは川と海のように、どこまでが河口でどこからが海か、はっきり線が引けないのではと思うようになりました。それに、川は必ず海に注ぎます。みんないつかは死ぬのです。そう思うと死は異世界ではなく、この世の地続きに思われて、どことなく親近感を抱くようになりました。

結婚は、多分しないと思います。過去に結婚した経験のある人は何歳になっても結婚が可能だと思うのですが、私のように生まれてから家族以外の人と暮らしたことがない者は、難しいでしょう。お客様がいつまで経っても帰ってくれないような気がするかも知れません。

「この人、夕飯食べてデザートまで出したのに、いつまで居座る気かしら？」「いやだわ。朝ご飯食べたくせにまだ帰らない」「もしかして昼ご飯まで食べる気？　図々しいったらありゃしない」「帰ってよ！」

……なんてことになりそうです。

以前、某文芸誌で「望ましい死に方」というアンケートがあったそうです。私は絶対に急性アルコール中毒死です。お酒が大好きだし、急性アルコール中毒でＩＣＵに運ばれて臨死体験までした方の話によると「非常に気持ち良い」そうなので。

それに、死ぬ時は絶対に一人で死にたいです。私は人の寿命は天が決めると思っているので、延命処置なんかして欲しくありません。それに死んで行く姿は多分美しくないので、他人に見られるのは良い気持ちがしませんから。

寿命なのに気管切開なんかされちゃって「山口さん、しっかりして下さい！」なんて言われるのはまっぴらです。「うるせえ！　寿命なんだよ、放っとけ！」と言おうとしても声が出ない……なんて最悪ですよね。

夢は……もう叶いました。物語を書いて生きて行くことが私の夢でした。だから、今は夢の中にいます。

あとがき

この『おばちゃん街道』は私の人生初のエッセイ集です。お話があったのが五月の七日で、書き上げたのが二十八日でした。でも、その間ずっと書き続けていたわけではないので、実際に執筆に要した期間は一週間ほどです。

我ながらびっくりするほどのスピードですが、考えてみればそれもそのはず、このエッセイにはこれまでの私の人生が丸ごと凝縮されているんです。つまり人生の一番搾り。無添加無着色、純度百パーセント！

私は常々「小説家の人生に失敗はない。全部ネタ」と公言しております。ネタを全部そのまま投入しているので、途中で構成や展開に困ることなんてまるでなく、一気呵成にラストまで突き進みました。

私の人生は世間的に見れば失敗の連続でした。近頃ではいよいよ崖っぷちに立たされております。おまけに、決して自慢出来るような立派な生き方もしておりません。何しろ大酒呑みで、女だてらに酔っぱらって交番のご厄介になっちゃったんですから。

でも、アラフォーどころかすでにアラ還の年齢になっても、後悔せずに生きています。それはとても幸せなことです。

他人から見れば不遇であっても、陰で「ああはなりたくない」と言われても、それでも人は幸せになることが出来るんです。

みなさん、どうぞこの本を読んで大いに笑って下さい。「私はこれほどバカじゃない」と自信を持って下さい。そして、元気になって下さい。誰のものでもない自分自身の幸せが、必ず見えてきますよ。

二〇一五年六月吉日

山口恵以子

本書は書き下ろしです。

山口恵以子（やまぐち・えいこ）
1958年、東京都江戸川区生まれ。早稲田大学文学部卒業。卒業後は会社員、派遣社員として働きながら、松竹シナリオ研究所に入学。脚本家を目指し、プロットライターとして活動。その後、丸の内新聞事業協同組合の社員食堂に勤務しながら、小説の執筆に取り組む。2007年『邪剣始末』で作家デビュー。2013年『月下上海』で第20回松本清張賞を受賞。他に『あなたも眠れない』『小町殺し』『恋形見』『あしたの朝子』など。

山口恵以子エッセイ集
おばちゃん街道
小説は夫、お酒はカレシ

2015年 9月 5日 [初版第1刷発行]
2015年12月23日 [初版第2刷発行]

著者　山口恵以子

発行者　藤木健太郎

発行所　清流出版株式会社
東京都千代田区神田神保町3-7-1
〒101-0051
電話　03-3288-5405
〈編集担当〉 松原淑子
http://www.seiryupub.co.jp/

印刷・製本　図書印刷株式会社

乱丁・落丁本はお取り替えいたします。
ISBN978-4-86029-434-2